叶わぬはずの恋でしたが、エリート海上自衛官との年の差婚で溺愛が始まりました

m a r m a l a d e b u n k o

斉河　燈

叶わぬはずの恋でしたが、エリート海上自衛官との年の差婚で溺愛が始まりました

叶わぬはずの恋でしたが、
エリート海上自衛官との
年の差婚で溺愛が始まりました

プロローグ

朝日の眩しさには、すでに目が慣れた。

それなのに汐――八重島汐、二十七歳は広いベッドの上で上半身を起こしたまま、依然、茫然としている。

「これ、夢……なんだよね……？」

目の前に広がる光景に、見覚えはない。

バルコニーを備えた大きな窓も。品のいい布貼りのソファも。楕円形のローテーブルも、壁の薄型テレビも、その下に置かれたライティングデスクとチェアも、それから市松模様のカーペットもだ。

間違いなく自宅じゃない。

かといって、見知った誰かの部屋という感じもしなかった。なにしろ室内には生活感どころか、個性も無駄もまったくないのだ。

すると考えられるのは、すべて幻。

なにもかも空想の産物、ということなのだった。

（きっとわたし、ものすごーく本物っぽい夢を見てる。手触りも、匂いもある夢。そう、夢だよ。いい加減、目覚めてもいい頃……なのに）

ぱちぱちと素早く瞼を上下させる。見える景色に変化はない。

今度はゆっくりとまばたきをする。やはり、状況はちっとも変わらない。

目が、覚めない。

「……どうしよう。どういうこと？」

狐につままれたというのは、こういう気分のことだろう。

定め切れない視線は、なんとなくベッドの上へと着地する。しわくちゃになったシーツを、膜の張ったミルクみたいだな、なんて思いながら。

そうして己の姿を見下ろした途端、汐は「ひぇ」と妙な声を上げて飛び上がった。

身につけていたのが、ブラとショーツのみだったからだ。眠るときに服を脱ぐ習慣なんて、汐にはない。それなのに何故、服を着ていないのか。

周囲を見回す。脱いだ服は、見当たらない。

もしかして、脱いでからこの部屋に来た？　いや、下着姿で外を出歩くわけはないから、脱いだのは部屋の中に決まっている。

バスルームがどこかにあって、入浴前に脱いで、それっきりとか——たとえそうだとして、そもそも、どうして見知らぬ部屋で入浴などした？

もしや。

もしや誰かと一緒にこの部屋に来た？　たとえば、男性と。その人と、ひょっとして、大人の関係になってしまった、とか？

初めてだったのに？

「嘘ぉ」

とんでもない方向に想像が流れていく頭を、両手で抱（かか）えようとする。駄目だ、一旦冷静にならないと。と、ぐしゃっ、と左手から何かが潰れる音がして我に返った。

なんだろう。白い紙を握っている。

一部しわくちゃになったそれを広げ、途端、頭が真っ白になった。

マゼンタ色の枠線。細かな注意書き。そして少々太めの字で印字された三つの漢字は『婚姻届』――コンイントドケ。婚姻届だ！

（なんで、なんでなんでなんで!?）

嫌な汗がどっと額に滲（にじ）む。

婚姻届がどうして手の中に。

続けて、あれ、婚姻届ってこんな色合いだったっけ、と混乱した頭で思う。それから遅れてその用紙がまっさらでないことに気付く。

黒いボールペンのようなもので、すでに記入されている部分がある。

一番上。夫になる人、の欄だ。

見覚えのある几帳面な字で綴られていたのは、氏——浅茅、名——帆高。

「あ——ありえないっ!!」

思わず叫んでしまった。

帆高は汐の初恋の人だ。何度も何度も告白して、そのたびに振られて……だから彼の名が記された婚姻届が、汐の手の中にあるわけがないのだ。

もう起きよう。すぐにこの夢からフェードアウトしよう。

もはや何度叩いたかわからない頬を、さらにぺしぺしと掌で叩く。軽い刺激では駄目だ。半ばやけになって、額まで力いっぱい叩いてみる。

「うう……っ、覚醒してよぉ」

痛みに涙が滲んだが、それでも目は覚めなかった。

汐は下着姿のまま、見知らぬ部屋にいて、帆高の名前が記された婚姻届を前に唖然としている。

どうやったって、状況は変わらない。すると必然的にこれは現実ということに——

まさか。それだけは絶対にない。

あれだ。何をしても現実に戻れないのならば、これはもはや死ではないか。

そう、臨死体験というやつだ。この部屋はあの世とこの世の間みたいな、多分、よくわからないがそんな感じの場所に違いない。お父さん、お母さん、お兄ちゃん、先立つ不幸をお許しください——家族の顔を次々に思い浮かべ、もう二度と会えないかも、と涙ぐんでいると、何かが震える音がする。

天国の門が開いた？

いや違う、スマートフォンの着信バイブだ。

急ぎ音の出所を探した汐は、ベッドの枕もと、サイドテーブルの上にある通勤鞄を見つけた。フラップを開け、スマートフォンを取り出す。

「もっ、もしもし！」

発信者をろくに確認もしないまま、勢い込んで応答した。

『おはよう』

聞こえてきたのは、電話越しでも耳に心地良いヘビーウエイトな声。ほんのり甘い雰囲気が語尾にあって、思わずドキッとした。

落ち着きのある話し方といい、独特の空気感といい、聞き覚えなら、ある。

『起きたか？　まだ寝ていたなら、起こしてごめん』

「……ほ、ほーちゃん」

というのは、汐が帆高――浅茅帆高を呼ぶときのニックネームだ。

つまり彼こそ、件（くだん）の婚姻届に名前を記した本人にほかならない。

『体調はどうだ？』

「体調……とおっしゃいますと……」

『昨夜、たくさん吐いただろう。ごめんな。本調子でないときにひとり、ホテルに置き去りにしてしまって』

ホテル。そこでひとつ腑に落ちた。

誰の部屋でもない。ここはホテル――道理で無機質なはずだ。

しかし、帆高の口ぶりではまるで、つい先ほどまで汐と一緒にいたみたいだ。

『本当は目が覚めるまでついていたかったんだが、午前中にどうしても外せない仕事があるんだ。だからと言って、気持ちよさそうに寝ているきみを俺の都合で起こすのも忍びなくてな。汐は今日、休みでいいんだよな？』

「あ、う、うん」

答えた途端、ひらり、記憶の断片が舞い上がる。

（そう、そうだわ）

昨日、仕事を終えて定時で退社したあと、汐は帆高と会ったのだ。

久しぶりに食事でも行かない？　と食事に誘ったのは汐のほうで、この半年、なかなか誘う勇気すら持てなかったから、二時間だけなら、との渋い返事でも、もらえたときには小躍りするくらい嬉しかった。

顔を見られて舞い上がって、飲み過ぎて、それで。

べろべろに酔っ払って、それから。

――ほーちゃんが好き。

思い出した。

汐はあろうことか路上で、管を巻いたのだ。

――諦めたなんて嘘。本当は、まだ好き。ほーちゃんが大好き。別の恋なんか、一生できない。お願い、わたしと付き合って。恋人になって。結婚して。うんって言って。頷くだけじゃ信じられない。今すぐ婚姻届、書いて！

そして書店で婚姻届つきの結婚情報誌を買い、帆高に突きつけ、嘔吐した。

下ろしたてのワンピースを上から下まで無惨に汚すくらい、大胆な吐き方だった。

見兼ねた帆高が最寄りのホテルに担ぎ込んでくれなければ、タクシーにも電車にも乗れず、途方に暮れるしかなかったはずだ。

するの服を着ていないのは、大人の関係になったから、ではない……？

（違うよね？　だって、ほーちゃんに限って、べろべろに酔った女性をどうこうしようなんてありえないもの。うん、きっとそう）

そういえば昨夜帆高がバスルームで、何かを洗っていた気もする。十代の頃から好きだった人に、まさか吐瀉物の処理をさせてしまうなんて絶望するしかない。

思い出せば思い出すほど、申し訳なさでクラクラする。

「ご、ごめん、ほーちゃん、わたし昨夜、とんでもないことを」

『謝らなくていい。連帯責任だ』

「そんなことない！　本当にごめんなさい。あの、」

この婚姻届、早いうちに返すから。悪用なんてしないから。結婚の話も、告白も、忘れてください。酔っ払いの戯言なんです。それと、お詫びもさせてほしい。なんだってするし、次に食事に行くときは是非奢らせていただきます——。

汐は続けて、そう言おうとした。

しかし帆高は『こちらこそごめん』と汐の言葉を遮ってしまう。

『防衛省前に着いたから、切るよ』

「え」

『そこ、チェックアウトは正午までらしい。支払いは済ませてあるから、汐だけでもゆっくりしていって。一階のベーカリーのベーグルが名物だそうだ』

「ありがとう、ベーグル好き！　じゃなくて、ほーちゃん、あのね」

『ああ、そうだ。服は昨夜予洗いしたあと、ホテルのランドリーサービスに預けた。急ぎで頼んだから、もうすぐ部屋に届けてくれると思う』

「何から何までありがとう、だけど」

『じゃあ、また連絡する。……好きだよ』

え。

何を言われたのか理解できないうちに、通信は途切れていた。耳からゆるりと離したスマートフォンの待受は、見慣れた色とりどりのジェリービーンズ柄に戻っている。

（今、なんて……？）

帆高は、なんて言ったのだったか。

好き、と。

好きだよと、言ったのだろうか。誰に？

汐に？　いやいや、いやいやいやいや、ないないないない、と汐は水滴を払う子犬みたいにブルブルとかぶりを振る。帆高が汐を好きだなんて、たとえ地球がテープボールみたいにぬるぬる剥けたとしたって、ありえない。

なんと言ったって、何十回と振られた身なのだ。

きっとあれだ。アイスが好きだよとか、塩辛が好きだよとか、本当はそう言ったのに、電波が悪くてたまたま具体的な部分が聞こえなかっただけだ。絶対にそうだ。

忘れるはずもない。

好き、と伝えるたび、ごめん、妹にしか思えない、と言われた。妹としてなら、好きだよと。仕方ないことだ。帆高は汐より十歳年上で、汐の兄の親友なのだから。

半年前には、敗北宣言だってした。

もう諦めた。二度と言い寄ったりしない。別の恋だってしている、と――嘘だったけれど。本当はまだ好きだったけれど、きちんと諦めるつもりだった。

「……わけわかんない、の、極地……」

すると直後、またもやスマートフォンが震えた。今度は短く、一回だけ。

メッセージを受信したのだ。

見れば、画面には帆高の名前がポップアップされている。

――早いうちに、結婚の挨拶をしたい。ご両親の都合のいい日を聞いておいて。

反射的に、スマートフォンを鞄に戻す。

鞄にフラップをかぶせ、サイドテーブルから下ろして、厳重に視界から消す。本当に？　本当に帆高は、汐との結婚に乗り気になっている……？

期待したくない、してはならないと思うのに、信じたい気持ちが止められない。

（だけど、どうして？　妹にしか思えないって言ってたのに。どうしていきなり、好きだなんて言うの？　もしかして、やっぱり体の関係になったから……？）

汐がまたもや固まりかけたとき、ピンポン、とチャイムが鳴った。客室係が服を持ってきたのだろう。すぐに出なければ、いや、その前にバスローブを羽織らなければ。

慌ててベッドを降りたら足がもつれて「わ！」下着姿のまま転げてしまった。

したたか打った鼻先の痛みに、夢ではない、と理解しつつも、やはり汐は何が何やら混乱しきったままだった。

1　鮑の片想い

「今日のメニューは、ミャンマー料理のモヒンガーです。カレー風味の、お魚のスープですね。お魚は手軽に、鯖の水煮を使いたいと思います」

ヘッドマイクにそう呼びかけて、汐は左上に視線を遣る。

壁のモニターに映るのは、汐の手もとの小鍋だ。

そこに缶詰の鯖を始めとする材料を、レシピを読み上げながら加えていく。コンロのスイッチを入れ、木べらで中身を手早く炒める。

「しっかり火を通して、水分を飛ばしてくださいね」

クッキングスタジオ『celeste』は今日も盛況だ。

商業ビルの一角を利用した教室には、若い主婦や会社員、定年後のシニアまで様々な立場の人たちが集う。数人ずつグループになった彼らは、各々カラフルな自前のエプロンをつけ、和やかに調理を進めていく。

「先生、こんな感じですか？」

「どれどれ？」

ちょこちょこと汐が駆けつければ、生徒たちはほわっと笑顔になった。

小柄で童顔、かつ慌ただしい動きをする汐は、ハムスターを彷彿させる名物講師で『celeste』の癒し系と名高い。

「うん、いい感じ。上手にできてますよ」

「汐先生ー、こっちも見て」

「はぁい。今、行きます！」

汐が栄養学及び調理の道を志したのは、高校生の頃――。

当初はどこかの厨房に勤務し、頑張る誰かの体づくりに一役買えたらと思っていた。

だが、過酷な勤務に体がついていかなかった。レストランやホテル、食堂、学校の給食室……体調を崩しては転職を重ね、やがてたどり着いたのがここだ。

調理したものを振る舞うというのとは少し違うが、一緒に手を動かし、作る手間を共有し、達成感に沸く人たちの笑顔を見ていると、どんな栄養のあるものを食べたときより元気が湧いてくる気がしている。

もとより、これが天職だったのではと思うほど。

「はいっ、ではどんどん次に進みますよー！」

実食を終えて教室を片付け終わると、予定の十五時を少し過ぎていた。

「汐先生、今日も美味しかった！　ありがとうございました」

「うふふ、そうでしょう。スパイスたっぷりのお料理って、元気がもらえるよね」

「はい。ミャンマーにも行ってみたくなりました」

「わたしも。また来週、待ってます！」

授業は終わったものの、定時まで二時間弱ある。

ひとまずは休憩だ。半日以上ほぼ立ちっぱなしだったから、両脚がぱんぱんにむくんでいる。給湯室で淹れたコーヒーを片手に、休憩室の窓際の席に腰を下ろす。

「……はあ」

そして汐は盛大なため息を吐いて、項垂れた。

なんとか乗り切れてよかった。大きな失敗はしなかったものの、ヒヤリとしたのは一回や二回じゃない。頭が帆高のことでいっぱいで、うわの空だったことは否めない。

だが、仕事に集中などできるはずがなかった。

(本当にどうしよう、一昨日の夜のこと)

昨日、ホテルを茫然とあとにし、帰宅したのは午後三時。

急げば一時間の道のりに、三時間も掛かった理由は、推して知るべし、だ。

パート勤務の母は帰宅しており、出迎えられてようやく、朝帰りと気付いた。

焦った。どっと冷や汗が滲んだ。夜遊びなんてしたことがなかったし、ましてや一泊、言い訳のひとつも考えないうちに帰ってきてしまったのだ。

『あ、ああああの、おおおお母さん』

『……すごい振動ね。アスファルトを固める機械でも食べてきたの？』

『ち、ちが……その、ごめんなさい、連絡もせずに外泊なんかして！』

『やあね、連絡ならもらったわよ。櫂経由で、帆高くんから。汐、食べ過ぎと飲み過ぎで豪快に吐き戻して帰れなくなったんですって？』

えっ、と力の抜けた声が漏れる。

『ほーちゃん、連絡入れてくれてたの？』

『そうよ。自分がついていながら申し訳ありません、って。迷惑を掛けたのは汐なのに、本当に礼儀正しくていい子よね。今度また、うちに招いてお礼でもしましょ』

そこまでしてくれていたなんて想像もしなかった。

いや、でも、普段の帆高の面倒見の良さを思えば、納得はできる。

帆高は目の前に困っている人がいれば、百パーセント助ける聖人のような人なのだ。

二階の自室に戻って、まだぼんやりしながらも、汐は鞄からスマートフォンを引っ張り出した。帆高に、メッセージを送らなければ。本当は電話のほうが良かったのだが、帆高は仕事中だろうから致し方ない。

（ええと、うちに連絡を入れておいてくれたことのお礼と、結婚のこと、本気なのかを聞かなきゃ。ううん、その前に謝らないとだよね。昨夜、酔っ払って管を巻いちゃったこと、吐いちゃったこと、服のこと、ああ、婚姻届のことも、ていうか、ほーちゃん、翌日も仕事なのに夜中までわたしの世話をしてくれたんだ……）

スマートフォンに向かうこと二時間――。

書いては消し、消しては書き、やがて至った結論は、あれほどの迷惑を掛けておきながら、やはりメッセージで簡単に詫びようとは失礼千万、ということ。

結局、近いうちに会えないかな、と誘うに留めたわけだが、今朝に至るまで帆高からの返信はなかった。既読にはなったけれど、それだけだ。

聖人のような帆高だが、連絡だけはちっともまめではない。

勤務先が市ヶ谷になってから少しはマシになったものの、護衛艦に乗っていたときは既読になるまでに何日もかかるほどで、返信がもらえるのは稀だった。

よほど忙しいのだ。そう予想がつくから、催促することもできない。

はあ、ともう一度ため息。

念のため、記入済みの婚姻届は通勤鞄に入れて持ってきたけれど、このまま連絡がつかなかったら、お持ち帰りだ。テイクアウトだ。この申し訳なさも、どうにもならないモヤモヤした気持ちもセットにして、冷めないうちに。

するとと廊下から、ひょこっと派手めの顔が覗いた。

「お疲れさまです、汐先輩。もうコーヒー、淹れちゃいましたか?」

真ん中分けの赤茶色の髪に、重そうなまつ毛、そしてグレーのカラーコンタクト。

彼女は汐と揃いの『celeste』のロゴ入り白Tシャツと、スタジオの壁面にも採用されているブルーの縞模様のエプロンを身に付けている。

胸のバッジに記された名は『吉野さくら』――。

「あ、うん。さくらちゃんも飲む? 淹れようか」

「いえ。うちが淹れます、と言うつもりでした。先輩は休んでてくださいよ」

両目を細め、にかっと笑ってくれる。

さくらは二十三歳の元ギャルにして、汐のチームのデジタルアシスタントだ。

実習時のカメラの切り替えや、画面への手順表示、授業の振り返り動画の作成や宣伝用の短編動画配信などを一手に引き受けている。

つまり表にはほとんど出てこないため、この派手めな格好が許されているのだが。

「改めまして、今日もお疲れさまっした、汐先輩」

マグカップを片手に戻ってきたさくらは、汐の正面の椅子に座る。

「モヒンガー、めっちゃくちゃ美味しそうでした。事務所にまでスパイスのいい匂いがしてきて、マジでお腹、減っちゃいましたよ。責任取ってください」

「あ、食べる？　まだ残ってるよ」

「いいんですか!?」

「もちろん」

いつもなら生徒と一緒に試食するし、それを昼食代わりにするのだが、今日はいっぱいいっぱいで、とてもではないが食べる気になれなかった。

「冷蔵庫に入れちゃったから、ちょっと待ってて。今、温め直してくるね」

腰を浮かせると「いえっ」と腕を掴まれ、制止される。

「そこまでしていただいては申し訳ないです。もうちょいコーヒー飲んでから自分で行きますので、汐先輩は気にしないでください」

さくらは派手な見た目からは想像できないくらいに、腰が低くて礼儀正しい。だからますます誰も、外見のことは気にしない。

わかった、と汐は頷き椅子に座り直す。

「改めて、お疲れさま、さくらちゃん」

「いつも労ってくださってありがとうございます。汐先輩、マジで好きです。そういえば、こないだのも美味しかったですよ」

「こないだの？　ラタトゥイユ？」

「はい。その前の、なんでしたっけ。トルコ料理もヤバかったですね。いい意味で」

「それはチョルバね」

「ああ、チョルバ、そうそう。それにしても、汐先輩のレパートリーってなんでこんなに多国籍なんですか？　特にアジア各国の料理、多いですよね」

「うん、香りの強いスパイスとかハーブが好きなの。ほら、食べると内側からパワーが湧いてくる感じ、するじゃない？　風邪をひいて鼻が詰まってても、なんとなく感じるくらいが好きなんだ」

肩を竦めて笑ってみせたが、さくらは怪訝そうな顔になる。

「……汐先輩、やっぱ今日、元気ないですよね」

どきっとしてしまった。

「え、そんなことないよ。やっぱ、って、なんで？」

「なんつーか、笑顔に覇気がないって言うんですかね。バックヤードからモニター越しに見てて、なんかいつもと違うなって思ってたんです」

何かあったんですか、との直球の問いに、汐は口ごもった。

言えるわけがない。

酔って、長年の片想いの相手に絡んだ挙句、無理やり婚姻届を書かせたなんて。

いかにサバサバした、人のいいさくらでも、知ればたちまち引くに決まっている。

「う……、えと、ちょっと寝不足？」

嘘はついていない。

「駄目じゃないですか、ちゃんと休まないと。汐先輩はここの屋台骨なんですから」

「いえいえ。ほかの講師の方のほうが腕もしっかりしてるし、長く通ってくれる生徒さんも多いはずよ。わたしは変わり種というか、みんな、ゆるめのキャラクターくらいにしか思ってないんじゃないかなぁ」

「いえ、ゆるめのキャラクターなんてとんでもない。先輩はどちらかというとシルなんとかファミリーです。歴史ある正統派ですよ。玩具店に立派なコーナーがあります。お家にはキッチン付き。着せ替えしてもいいです？」

「流石に掌サイズではないですー」

剝れながらも、汐はこんな冗談を言い合える相手がいることが素直に嬉しい。

学校でも、これまでの職場でも、休んでばかりで打ち解けられなかった。

ようやく、心を許せる仲間ができた気がしている。

「すいません。冗談です」

さくらは豪快に笑ったあと、少々真面目な顔つきになって言った。

「でも一応、確認していいですか？　先輩が元気ないのって、またあの変態ロリコン野郎に付き纏（まと）われてるとかじゃないですよね」

「ううん！　それはもう全然平気」

汐は顔の前で両手をぶんぶん振った。

変態ロリコン野郎――一年ほど前、生徒としてレッスンに通っていた中年男性のことだ。その男にしつこく付き纏われた経緯が、汐にはある。

当初から、警戒はしていたのだ。入会申し込みにやってきたその日、すでに汐へのプレゼントを持参していたから、汐目当てであることは明らかだった。

読み通り、数週間のうちに彼の行動はエスカレートした。

駅で待ち伏せされたり、自宅を特定されそうになったり。それで警察に相談しようと考えていた矢先、タイミング良く彼は逮捕されたのだった。

幼女趣味で、余罪があったらしい。

「念の為、今も防犯ブザーを持ち歩いてるの。押すと鳴るだけじゃなくて、警備会社に繋がるやつよ。厳重でしょ」

「いや、でも、鳴らせないタイミングで何かあるかもしれないじゃないですか」

「そのときはさくらちゃんにも連絡できないと思うけど……」

汐は飛び抜けて美人でも、アイドルのように可愛いわけでもない。

それでもしばしばこんな目に遭うのは、超がつくほどの童顔だからだ。

要するに特殊な性癖の持ち主には、ど真ん中に刺さる見た目をしているのである。

メイクで誤魔化せたらいいのだが、もともと色白だからファンデーションは映えない。加えて、アイメイクやチークはちょっと頑張ると七五三みたいになる。

ヘアスタイルだってそうだ。

カラーもパーマもがっかりするほど似合わないから、光に翳せば茶色に見えるか見えないかという色で、学生時代と同じセミロング。

それでは当然、垢抜けない。

そもそも身長が百五十五センチほどしかないのだ。かつ骨格が華奢で幼児体型だから、婦人服のSサイズより子供服のほうがしっくりと着こなせてしまう。

タイトスカートを着こなす美女に憧れるも、着てみてがっかりのレベルなのだ。

「でもでも、困ったときは遠慮なく相談してください。汐先輩に付き纏う輩は、私がバチボコにやっつけてみせるんで」

「ありがとう。その気持ちだけで充分よ」

汐は明るく笑ってみせる。

やっとできた気のおけない仲間に、余計な心配を掛けたくなかった。ただでさえ体調不良で迷惑をかけているのに、これ以上なんて申し訳なさすぎる。

「……ん、よし、決めたっ」

決意して、姿勢を正す。

仕事が終わったら、帆高に会いに行く。記入済みの婚姻届を返して、それから真意を尋ねてみる。

このままひとりでごちゃごちゃ考えていては、周囲に何事かと思われる。時間だってもったいない。

「何を決めたんですか？」

「ふふ、秘密」

「なんですか、気になるじゃないですか」

「ごく個人的なことなの。ねえ、さくらちゃん、そろそろモヒンガーはいかが？」

「はっ、そうだった！　取りに行ってきます」

落ち込んでも、めげないところが汐の長所だ。

不遇なときも、思い通りに進めないときも、ずっとこんなふうに前だけを見て生きてこられたのは、ほかでもない。帆高の大きな背中が、目指す先にあったからだ。

小走りで廊下に出ていくさくらを見送り、汐はポケットからスマートフォンを取り出す。そして帆高に、やっぱり今夜会いに行ってもいいかな、とメッセージを送った。


帆高と初めて会ったのは、澄みわたる春の日。

汐が小学生になって、間もない頃のことだった。

『こいつ、水泳部の友達』

当時高校二年生だった兄の櫂が、親指で背後を示す。

『お邪魔します。浅茅帆高と言います』

吹き抜けの自宅の玄関に、ぬっと姿を見せたのは巨体の男だった。

逆三角形の上半身に、引き締まった腰。脚は長く、身長の半分を占めるのではないかというほど。背すじを伸ばし、丁寧に頭を下げた姿には妙な迫力があって——。

『ひっ』

顔も確かめず、慌てて廊下の先まで逃げたことを覚えている。

（ヒグマ……!?）

櫂だって幼い頃から水泳を続けてきて、それなりに体格には恵まれていた。百七十センチを超える筋肉質な長身男を、汐は見慣れていたはずだったのだ。

けれど肩幅も、背丈も、胸板も、帆高と並ぶと途端に華奢になってしまう。

『あははっ。汐、怖がんなくていいよ』

根っから明るい櫂は、腹を抱えて笑う。

『帆高さ、口数少ないけど穏やかだから。仁王像みたいな顔して、根は仏だから』

『……っ』

『マジだよ。俺さ、帆高が怒ったところ、それと動揺したところも、一回も見た覚えねーし。クラスでは、美坊主ならぬ美大仏って呼ばれてんだぞ』

褒めているのかもしれないが、失礼極まりない。しかし当の帆高は怒るどころか顔色ひとつ変えず、お邪魔します、と再び頭を下げてみせた。

櫂と帆高は、高校入学直後から同じ水泳部の仲間だったらしい。

しかし意気投合したのは、二年生に進級してから。櫂は陽気で友達も多いが、帆高は口数が少なく交友関係も狭い。それで同じクラスになるまで、接点がなかったのだ。

以降、三日に一度は帆高の姿を見かけるようになった。

兄の言葉通り、帆高は見かけるたび常に同じテンション、無口で無表情だった。

『汐ー、今日は帆高、泊まってくからな』

『……!!』

『いい加減、警戒すんなって。そろそろ見慣れただろー?』

そんなことを言われても、怖いものは怖い。

帆高がひときわ大きい所為（せい）もあるが、対する汐もひときわ小柄で、だから一か月経っても、二か月経っても、彼の顔を直視することができなかった。

当時――。

汐は小柄なだけでなく、とても体が弱かった。

疾患を抱えていたわけではない。が、一年の半分は寝込んでいるほど。

流行病の類には片っ端から感染するし、だからといって予防接種を受けても効果はほとんどない。免疫が定着しない体質なのだろう。ほかの家族が一日で回復するただの風邪でも、一週間、あるいは入院するほど悪化することもあった。

学校も当然、休みがち。

親しい友人もおらず、クラスでは完全に浮いていた。

『汐ちゃんってさ、大げさだよねぇ』

活発な女の子たち数人に囲まれ、目の前で嫌味を言われるのは日常茶飯事だ。

『すぐ保健室だもんね。昨日もお休みだったし』

『か弱いお姫さまごっこ？　やだぁ』

『ずる休みじゃん？　どうせ家でゲームでもやってんだよ。ずーる、ずーるっ』

汐は色白で、ぱっと見、西洋人形のようだったから、余計に目障りだと思われたのかもしれない。先生が教室にいないときを狙って、執拗に揶揄された。

『貧血ごっこが今日も冴えてるじゃん』

『私ひ弱なんですーってか』

しかし汐は、言い返さなかった。

罵り言葉に応酬しうるだけの、汚い言葉を思い浮かべるのが嫌だった。どんなに些細な文句でも、あっという間に全身が蝕まれてしまいそうな気がするからだ。

合わせて、悲観して泣くこともなかった。

とくに自宅にいるときは、心がけて笑顔でいた。

笑顔でいれば、きっといつか、人並みに元気な体になれる。

そう、自分に言い聞かせて過ごした。

しかしその『いつか』はそう簡単には訪れてくれず、小学校に馴染めないまま、春はさらりと過ぎて行った。気温が思い出したように上昇すると、だらだらと湿気が居座る梅雨がやってくる。

『みんな、走って帰ろうぜ！』

その日、下校途中に男子がそう言い出して、汐はひとりぼっちになった。

通学路にポツンと置き去りにされるのは、悔しいが初めてではない。

防犯のため、低学年のうちは集団下校が鉄則とされている。学校を出るまでは、先生が見守っていてくれるのだ。

しかし校門を出て、大人の目の届かないところへやってくると、みんな、示し合わせたように駆け足でいなくなる。

体力のない汐が追いかけたって、簡単に追いつけはしない。ましてやこんな雨の日では、足掻くだけ無駄というものだ。

(大丈夫！　だって、家までの道順なら、覚えてるもん)

雨傘を両手で握り締め、汐はてくてくと歩いた。

自宅まで、一キロもない。小柄な汐でも、十五分もあれば辿り着ける。無心になって、足を動かす。

すると前方に、先ほど走り去ったはずの女の子がいた。

地面にしゃがみ込んで、半べそをかいている。どうやら道端で転倒してしまったらしい。両膝が擦り剥け、痛々しくも赤い血が滲んでいた。

『だ……大丈夫？』

急ぎ汐はランドセルを肩から下ろした。

ファスナー式のポケットから絆創膏を二枚取り出し、どうぞ、と差し出す。汐もよく転ぶから、いつでも使えるようにと母が入れておいてくれたのだ。

しかし負傷した女の子は、カッと頬を赤らめる。馬鹿にしていた相手に、情けをかけられて恥ずかしくなったのだろう。絆創膏を払い落とし、逃げて行った。

ランドセルを抱えたまま、汐は動けなかった。

(……なんで……)

どうしてここまで嫌われなければならないのだろう。

弱いことが、そんなにいけないの？

皆と同じようにできないだけで、親切さえ拒絶されるなんて理不尽だ。

鼻の奥が、つんと痛くなる。

傘の骨から伝い落ちる雨粒につられ、視界がゆるゆると歪んでいく。駄目だ。泣いたら、目が赤くなる。帰宅したとき、母に見破られてしまう。

奥歯を噛んで傘に隠れたが、耐え切れなかった。

涙はあっという間に溢れ、頬をぬるく濡らしていく。

『っ……ヒック……』

押し殺し切れない嗚咽を漏らせば『どうした？』と、いきなり背後から声がした。

反射的に振り向けば、そこには透明な傘をさした帆高がいた。

『怪我でもしたのか』

という言葉は、地面に落ちている絆創膏を見つけたから出たものに違いない。突然のことで、返答が出てこない。ただ固まっていると、帆高はスッとしゃがみ込んだ。

彼の顔を真正面から見たのは、そのときが初めてだった。

凛々（りり）しい眉に、涼やかな目つき、通った鼻すじ。左右の均整が取れているかと言えばそうでもないのだが、だからこそ、アンバランスなところが色っぽくて……。

綺麗な人だと、遅ればせながら気づいた。

『……お母さんを呼ぼうか』

気遣わしげに問われ、汐は我に返る。いけない、涙――。

見られてしまった。いや、まだ間に合うかもしれない。慌てて拭おうとしても、ランドセルを抱えているうえに傘まで持っていて、ままならない。

『あ、……あ、えと』

『焦らなくていい。咎めるつもりはない。ちょうど、櫂を訪ねていくところだったんだ。ひとっ走りして、誰か呼んでくる。それとも、家まで抱えて行こうか』

『ううん！』

必死だった。汐はぶんぶんと首を左右に振った。

『言わないで。内緒にして。泣いてたなんて、知られたくない』

『だが』

『これくらい、自分でなんとかする。なんとかできる自分になりたいの。か……家族の誰にも、もうこれ以上、心配かけたくない。本当にだめだと思ったら、ちゃんと話すから。だから今は、まだ言わないで……！』

自宅では努めて笑顔でいる。笑顔でいればきっといつか——と願う裏で、汐は家族に気を遣われながらでないと生活できないことが、なにより辛かった。

せめて登校できた日は、楽しい思いをして帰ってくるのだと、父にも母にも兄にも、安心してそう思っていてほしかった。

帆高は考え込む。当然だ。

小学校に入学したてで、汐はまだ幼い。物事を、独力で判断できる年齢ではない。

汐の意向に従って放置したがゆえに、手遅れになってはいけない。反面、汐の気持ちを無視して勝手に動き、余計に事態を悪化させては元も子もない。

『……大人から、何かをされたとかではない？』

『違う。何もされてないっ』

『危険な目に遭ったわけではないんだな？』

『うんっ』

汐は懸命に頷いた。どうにかして、帆高に黙っていてほしかった。

すると帆高は、長い息を吐く。

そして『わかった』と置くように言った。

『ひとまず、今日のことは俺の心に留(とど)めておく』

『本当!?』

『ああ。その代わり、約束してほしい』

『何を……？』

『次に泣きたくなったときは、俺に言ってくれないか。櫂づてに呼び出してくれてもいいし、櫂を訪ねてきたときに声を掛けてくれてもいい。必ず、力になるから』

汐は驚いた。まさか、そんなふうに言ってもらえるとは。

聞けば、帆高にも妹がいるらしい。汐より、ずっと年上の妹だ。

帆高はその妹の面倒を幼い頃から見てきたといい、だからか、女の子の人間関係には親きょうだいが踏み込めない繊細な側面があることを承知しているようだった。

『帰ろう。今日、櫂が体育の授業で怪我して、早退したって知ってるか？』

『えっ、け、怪我って』

『ああ、悪い。そんなに大事じゃないんだ。軽い突き指だよ。とはいえ明日は漢文のテストだし、櫂はこのところずっと赤点だったからな。念の為、今日習ったところを教えてやろうと思って、訪ねてきたんだ』

いつも無口な帆高が、そのときだけは饒舌（じょうぜつ）だった。

気遣ってくれているのだろう。

彼の根底にある優しさに触れ、汐はもう、怖いとは思わなかった。声を張り上げて『ただいま！』と言う汐を、帆高はすぐ後ろで見守っていてくれた。

それから――。

半月もしないうちに、水泳の大会があった。

櫂の応援に駆けつけた汐は、そこで泳ぐ帆高を初めて目にした。

男子二百メートル個人メドレー。早々に敗退した櫂を尻目に、帆高は決勝戦まで勝ち進んだ。水をなめらかに纏わせて進む姿は、さながらエイだ。

しなやかで強く、不屈の魂を秘めたたくましい体から、目が離せなかった。

（すごい！　わたしも、あんなふうに強くなりたい）

だから最初は、憧れだった。

帆高のように泳いでみたくて、直後にスイミングスクールに入った。どれだけ櫂に誘われても頑なに入会を断り続けてきたから、家族は皆、何事かと思っただろう。

体力をつけるため、毎朝、ジョギングも始めた。

櫂から、プロテインのドリンクを分けてもらって飲んだりもした（飲むたびに咽せてしまうので、三回ほどで挫折したが）。

それで、めきめき汐の体が強くなったかといえば、そんなことはない。

相変わらず学校は休みがちで、同級生の間では浮いていた。

しかし、もう、ちっとも気にならなかった。

目指す背中さえあれば、気持ちの上では無敵だったのだ。

『汐ー、市民プール行くか？　お兄ちゃんが直々に、泳ぎを教えてやるよ』

『帆高さんが来るなら行く』

『なんで帆高なんだよ』

『え、だ、だって帆高さんのほうが上手いから、水泳……』

『かーっ。まあ確かにそうだけどさ。なんだよ、汐まで。学校にいても、こぞって帆高帆高ってモテまくっててさ。このうえ俺の可愛い妹までも虜にするとは、あいつマジでどんだけ前世で徳積んだんだよ』

耀はぶつぶつ言っていたが、汐は純粋に帆高に会いたかった。

帆高はあの雨の日からこちら、何かと汐を気に掛けてくれている。

兄のいないところでこっそりと、最近はどうだ、と尋ねてくれることもあれば、宿題を見てくれたり、おやつを分けてくれたりもした。

その優しさ、頼もしさに、顔を合わせるたび勇気づけられた。

帆高さん、ほださん、ほーちゃん……。

一年かけて、呼び名は変化していった。

誰とも違う、自分だけの呼び名が欲しかった。誰より、親しくなりたかった。まるで本当のきょうだいのような、こんな日々がいつまでも続く気がしていた。

しかし——。

翌年、耀も帆高も揃って受験生になった。

帆高の姿をあまり見かけなくなったのは、部活を辞めた夏からだ。

櫂は自宅近くの私立大学、帆高が某有名難関国立大にそれぞれ進学すると、徐々に親交はなくなっていった。いや、外では会っていたのかもしれないが、自宅を訪ねてくる回数はめっきり減ってしまった。

久々に顔を合わせたのは、汐が高校受験に挑もうとしていた年。

地方公務員になった櫂が結婚し、結婚式および披露宴を催したときだった。

『久しぶり。大きくなったな』

会場の入り口でそう声を掛けられ、心臓が止まるかと思った。

と言うのも帆高は、ぱりっとしたフォーマルスーツに身を包んでいたのだ。学生服を着ていた頃とは打って変わって、大人の男という感じがした。

『セーラー服、中学のか。よく似合ってる』

『ううん。ほーちゃんのほうが、断然すてき。モデルさんみたい……』

『うん？　ああ、このスーツか？　市販のは肩幅も丈も合わないから、以前、フルオーダーしたんだ。少しは見栄えがよくなったなら、なによりだ』

少しは、なんてレベルではない。

ほかの招待客たちも、男女問わず帆高のほうをチラチラ見ている。精悍な顔つきに、抜群の姿勢の良さ、社会人らしい余裕……視線を奪われないわけがない。

『今年は高校受験だって？　志望校はもう決めたのか』

『うん。ほーちゃんとお兄ちゃんが通ってたとこ。ほーちゃんは？』

『俺？』

『今、ひとり暮らし？　もしかして、もう、結婚してる……？』

『いや。俺は今、呉で船に乗ってる。櫂から聞いてないか？　海自に入隊したって』

『かいじって』

『海上自衛隊』

汐は目を丸くした。

初耳だった。

帆高が自衛隊に入隊。想像もしていなかった。

なにしろ、帆高の父親はそこそこの規模の不動産業を営む経営者だ。

櫂が高校生の頃、帆高は本物の御曹司なんだよなあと、羨ましそうに言っていたのを覚えている。だから汐はてっきり、帆高が家業に従事していると思っていた。

海上自衛隊……驚いたが、言われてみればなるほど、納得だ。

帆高は損得を抜きにして誰かのために動ける人だし、頼り甲斐も抜群にある。なにより海上――水の上というのが彼らしい。

『すっごくいいね！　ほーちゃんにぴったり。かっこいい！』

『そうか？　そんなふうに言われたのは初めてだ。ありがとう』

『ね、ね、今も泳いでるの？　海で？』

『いや、船艇勤務は意外と泳ぐ機会がないんだ。ずっと船の上だからな』

汐は？　と、久々に名前を呼ばれて、一瞬、肩が揺れた。

懐かしさとはまったく別の感情を、揺さぶられた気分だった。

『わ、わたし？　その、スイミングは小六まででやめちゃって……』

『そうじゃなくて。もう、ひとりで泣いたりしてないか』

覚えていてくれたことにまず驚き、次に、以前と変わらぬ真剣なまなざしに驚いて、咄嗟(とっさ)には返答できなかった。やけにどきどきして、息が上手くできない。

『大丈夫だよ』

『本当か？　そう言って汐は俺に、まだ一度だって弱音を吐いたことがないよな』

『……そうだっけ？』

『そうだよ。ごめんな。大学受験のあたりから、ほとんど訪ねていけなくなって。自衛官になろうと決めたのは大学在学中だったんだが、両親から反対されて、ゴタゴタした末に家を飛び出したりして、その後、櫂と会う時間がなかなか取れなかった』

『反対されたの……？』

『ああ。俺はもともと、父親の跡を継ぐ予定だったから』

どうしていきなり海上自衛隊を選んだのか、尋ねたかったができなかった。式の開始時間です、チャペルへ移動を、とのアナウンスが入ったからだ。

到底、話し足りなかった。

それで宴がお開きになった頃、思い切って連絡先を聞くことにした。電話でもメッセージでもいいから、もっと話したい。今の帆高を知りたい。帆高は同級生らしい綺麗な女性たちに囲まれていたが、掻き分けて側に行った。

『ほーちゃん、あのね、話が……っ』

ジャケットの裾をどうにか掴めば、傍らにいた女性と目が合う。

『あ、可愛い子ぉ。もしかして、帆高くんの妹さん？』

『やだー、セーラー服じゃん。妹ちゃん、若ーい』

『違います、妹じゃ……』

懸命に言い返したが、多勢に無勢では聞き入れてはもらえなかった。肌がぴちぴち、羨ましい、私たちとは全然ちがーう。なんだか、貶(けな)されている気分になる。

するとすかさず、右手を掴まれる。

『汐、あっちで話そうか』

『い、いいの？』

『ああ。汐の話が、一番大事だ』

帆高が輪の外に連れ出してくれて、どんなに嬉しかったか。

連絡先を交換したときには、目が合わせられなくなっていた。それまでちっとも気にならなかったのに、ノーメイクでいることがなんだか恥ずかしく思えて。

苦し紛れに、切りっぱなしのセミロングを何度も耳に掛けた。

これが恋なんだ、とは、数日掛かってじわじわと理解した。

ずっと、帆高のようになりたかった。

けれどこのときから、汐の目標は『帆高にふさわしい人』になった。

「お疲れさまでしたっ」

定時ぴったりに、職場を後にする。

クッキングスタジオ『celeste』の社長は子育て中の女性で、社員も九割が女性だ。

小さな子供を持つ主婦が多いから、働き方には融通が利く。残業も滅多にないし、レッスンがない日は有給も取りやすい。

おかげで汐は、料理講師という天職を三年も続けられている。

(ほーちゃんはまだ仕事中だよね。あのあともスマートフォン、一度も震えてないし)

できるだけ速やかに会いに行きたいが、どうするのがいいだろう。

防衛省の前で待ち伏せたいのはやまやまだけれど、待ち伏せなどできる場所があるかどうか。

向かいの沿道から何度か防衛省の門を見たことがあるが、ものものしくて気安く近寄れない雰囲気だった。不審者扱いされたりしたら、帆高に申し訳ない。

では駅で待つ？ いや、それこそ困難だろう。

帆高が毎日、電車で通勤しているかどうかわからないし、あのあたりには駅へ繋がる地下道の出入口がいくつもある。

商業ビルの前、汐は立ち止まって考える。

やはり、帆高に連絡がつくまで待とうか。でも、ひと言も詫びないままもうひと晩経ってしまうのは、あまりに申し訳ない。

とにかく、行動あるのみだ。運が良ければきっと会える。鞄を抱えて歩き出す。

「汐！」

すると、どこからかそう呼ばれる。

周囲を見回せば、横断歩道の向こう、タクシーから急ぎ降りてくる背の高い人の影を見つけた。

スーツに通勤鞄と一見して普通の会社員の服装だが、道ゆく人の誰よりも姿勢と体格がいい。

帆高だ。

「どうして……」

目をしばたたいているうちに、彼は横断歩道を渡って汐の前までやってきた。

「よかった。もう電車に乗り込んだあとだったら、どう探そうかと思った」

「探すって、なんで……ほーちゃん、仕事は」

「早めに切り上げた。その顔は、俺からの着信とメッセージに気付いていなかった顔だな」

「えっ、連絡くれたの？」

慌ててスマートフォンを確認しようとする。だが、電源ボタンを押しても画面は真っ暗のままだ。再起動さえしない。電池切れのようだ。

そういえば昨日、ホテルから帰って充電していなかった。

帰宅後、二時間もメッセージの文面に迷ったうえ、最後にケーブルに繋いだのは一昨日の朝。電池の残量を気にする余裕もなかったから、切れて当然だろう。

「ご、ごめんなさい……」

重ね重ね、申し訳ない。

恐縮していると、背中をぽんと叩かれた。

「結果、無事に会えたからいいんだ」

「……ほーちゃん」

「そんな顔をするな。なんとなく予想はついていた。いつもなら早々に返信をくれる汐が、既読にすらならないなんておかしいからな」

いつものポーカーフェイスで、どんと構えて言われると安心する。

もしもこんな人が上司だったら、四の五の言わずに付いていきたくなるだろう。

憧れから恋、彼にふさわしい人間になりたいという想いは今でも変わらないが、同時に汐はここ数年、リーダーとしての帆高を目標だと思ってもいる。

「汐、腹減ってないか」

なんとなく駅へ向かって歩きながら、帆高は言う。

「もしかして、仕事で作ったものでも食べたりしたか」

「ううん、食べてないよ」

相変わらず食欲はないが、話せば心配されそうなので黙っておく。

「そうか。だったらこれから、食事にでも行かないか」

「うん。……いいの？」

「そのために来たんだ。行こう。落ち着いたところで、ゆっくり話がしたい」

話——一昨日の晩のことに違いない。

迷惑を掛けて本当にごめんなさい、と即座に謝ってしまいたかったが、路上だ。帆高が言う『落ち着いたところ』に着くまで待ったほうがいい。

すれ違う人々の迫力に負け、よろけそうになると、帆高がさりげなく背中に手をあてて支えてくれる。

（ほーちゃんの手、大きい……）

そうして汐が思うのは、やはり帆高を想って過ごした日々のことだ。

兄・櫂の結婚式のあと——。

つまり恋を自覚した直後だ。帆高と直接の、メッセージのやり取りが始まったのは。

やり取りと言っても、送るのはいつも汐ばかり。帆高からは五回に一回、返信がくればいいほうだったのだけれど。

当時、彼が勤務していた護衛艦内では、機密情報保持のため、通信機器に触れられる時間が限られていたらしい。

ぽつり、ぽつり、と届くメッセージに、汐はますます恋しさを募らせた。

会いたい。早く会いたい。しかし汐は受験を控えていたし、忙しい帆高に簡単に会えるわけがない。

それで、次にようやく顔を合わせたのは、汐が高校一年生になってからだった。

帆高は、耀の第一子誕生を祝いに八重島家を訪ねてきた。

耀は実家の敷地内に家を建て、いわゆる敷地内同居なので、家族全員で彼を出迎えることになったのだ。

『久しぶり、帆高くん。耀の結婚式以来ねえ！』

中でも母は、まるでもう一人の息子が帰省したみたいに再会を喜んだ。

半ば強引に、夕食にも付き合ってもらうことになった。

急な話だったが、汐は張り切って母と共にキッチンに立った。

自衛官である帆高に、ヘルシーで体に良いものを食べてもらいたくて、テーブルを埋め尽くすほどの料理を作ってもてなした。

『美味い』

『ほんと⁉』

『ああ。汐を給養員に欲しいくらいだ』

『きゅうよういん？』

『基地や艦内で食事を提供する自衛官のことだよ』

このときの出来事が、汐の将来を決めたと言っても過言ではない。

料理はもともと好きだったし、少しでも日々健やかであるために、汐は栄養にも気を遣っていた。しかし、美味いと言ってくれた彼の体の中で、汐の手料理はどんなふうに働くのか。もしかしたら、もっと効率のいい組み合わせがあったのではないか。

きちんと知りたいと思った。

知って、その知識で、誰かのためになりたいと思った。

帆高のように、国家のために、なんて大きなことはできないけれど。

帆高が人々を外の脅威から守るのなら、自分は人々を内側から守れる人になろう。

『わたし、ほーちゃんが好き。男の人として、好き』

初めて告白したのは、その日の晩だ。

帆高が帰るというので、門の外まで送っていって、そう告げた。帆高は驚いただろうが、そんなそぶりは一切見せず、迷いもなく『ごめん』と即答した。

『汐のことは大事だ。可愛いと思ってる。でもそれは、妹としてだ』

『……どうしても？』

『ああ、悪い』

『わかった。ひとまず、今日のところは退散します』

『どういう意味だ？』

『わたし、ずーっとほーちゃんのことが好きだったの。初恋なの。自覚したのは中三のときだけど、その前からほーちゃんしか見えなかった。ほーちゃん以外の人を好きになったことはないし、これからもないと思う。だから、諦めないよ』

好き、好き、ほーちゃんが好き、諦めないから――。

その後もなかなか会う機会は巡ってこなかったけれど、電話やメッセージで頻繁に告白をした。朝に晩に、それこそ挨拶のように好きと言った。

玉砕続きでも、汐の気持ちは揺るがなかった。

今はまだ妹のような存在でも、いつかは。年齢を重ねれば、社会人になれば、帆高の恋愛対象になれるかもしれない。その日が来るまで、粘り続けようと思っていた。

やがて海外派遣を経て、帆高は都内に戻ってきた。

防衛省の敷地内、海上幕僚監部——通称『海幕』内の勤務になったのだ。

バクリョウ、と最初に聞いたときは意味がわからなくて、調べてみて、汐はそれが自衛隊の指揮官を補佐する影のブレーンであることを知った。

帆高は一般大学を卒業したあと、幹部候補生学校で学んだ努力家だ。

幹部として上を目指し、常に勉強勉強、相変わらず忙しそうだったが、その頃から汐が願えば必ず会う時間を作ってくれたように思う。

『ほーちゃんが好き。そろそろわたしと付き合って？』

『ごめん』

『うー……。いい加減、根負けしてくれてもいいのにぃ』

『悪い。根性には自信があるんだ』

何度でも告白するつもりだった。

そう、半年前のあのときまでは。

その日、汐は帆高と会う予定になっていたが、熱を出して寝込んでしまった。子供の頃ほどではないが、周囲の同世代と比較すれば断然、汐は病をもらいやすい。

律儀にもお見舞いに来てくれた帆高を見て、申し訳なくて泣きたくなった。

(忙しい中、せっかく時間を作ってくれたのに、何をやってるんだろう)

帆高は現在一等海佐として、国際安全保障に関わるシンポジウムやフォーラムに携わっている。参加国との連携を図り、調整をする重要な役割を担っているらしい。

以前、耀が言っていた。二等海佐までは順調に昇官できても、一等海佐になれるのは幹部の中でも選ばれた人だけなのだと。

考えてしまう。

彼ほど立派な人が、ひ弱な自分と付き合って、どんなメリットを得られるか。むしろ足を引っ張るのではないか。肝心なところで負担になってしまったら——。

それだけは嫌だ。

汐は知っている。

帆高が家族の反対を押し切ってまで、自衛官になったことを。

『わたし、もう、ほーちゃんのこと、諦める』

帆高を思えばこそ、もう、諦めないとは言えなかった。

声が震えそうになるのを、ベッドの中、ぐっと拳を作って耐える。

『新しい恋、始めるつもりなの。これからはもう、ほーちゃんにしつこく言い寄ったりしないから……だから、これからもたまには妹として、食事には付き合ってね』

泣きたくなったら呼べと言ってくれた。

でも本当に帆高を呼んだことはなかった。泣き言を言ったことも、なかった。ただ、その大きな背中を思い出すたびに、勇気をもらった。

足手まといになるくらいなら、側にいられなくなってもいい。

いつもの無表情が、そのときだけは何故だか少し切なそうに見えた。

熱の所為で、そう見えただけかもしれないが。


「──それから、彼女には食後に紅茶を」

「かしこまりました」

オーダーを終え、ウェイターが去る。

帆高に連れられてやってきたのは、フランス料理店だった。駅裏のオフィスビルの最上階にあって、入口には滝、壁一面に花が飾られた高級店だ。

場違いじゃないかなとか、帆高はいつもこんなところで食事をしているのかなとか、余計なことを考えている余裕はなかった。

ドリンクが運ばれてくるより先に、汐は鞄から茶封筒を取り出す。テーブルの上に置き、帆高の前へ滑らせるように差し出して、頭を下げる。

「一昨日の晩は、本当に本当に、ごめんなさい！」

茶封筒の中身は、ホテル代および記入済みの婚姻届だ。

ここのお代も払わせてください、とは言いたかったけれど、呑み込んだ。断られるのが関の山だ。さりげなくお手洗いに立ったときにでも払っておこうと思う。

帆高は訝しげに封筒を手に取り、中を確認して、ああ、と納得したように頷く。それからスーツの胸ポケットを探り、藍色の細長いケースを取り出した。

「ホテル代はいらない。俺も一緒に泊まったんだから」

言いながら、ケースを開けて筒状のものを取り出す。婚姻届を開き、迷うことなくそれをぐっと押し付け——赤い印が紙に残る。印鑑だ。

そう理解したときには、茶封筒と一緒に婚姻届を差し出されていた。

「次は汐の番」

「わたしの番って」

「記入、押印をよろしく。役所には、お互いの両親に挨拶を済ませたら、だな」

「ちょ、ちょちょ、ちょっと待って」

焦らずにはいられない。

「これ、一昨日、わたしに無理やり書かされたんだよね？　不本意だけど、仕方なく書いたんだよね？　どうしてそんな、結婚に前向きみたいな……」

「前向きだよ。言っただろう、好きだって」

「好……」

アイスとか塩辛とかのことではなかったのか。

いや、でも、信じられない。考えられない。混乱する頭で必死に考えて、汐は心当たりがひとつだけあることを思い出す。そうだ、もしかして。

「ほーちゃん、責任……取ろうとしてる？　そうだよね？」

「なんの責任だ？」

「その、て、貞操の……っ」

言いながら、徐々に汐は赤くなる。

「ほーちゃんに限ってありえないって思ってたけど、そうよ。わたしが強引にほーちゃんを、ってことならありうるよね。そりゃ、襲っちゃうよ。だってほーちゃん、色っぽいもの。今だって、ワイシャツの襟から覗く喉仏、触ってみたいものっ」

「……うん、なんの話だ」

「責任なんて感じないで。ううん、むしろわたしのほうが責任を取らなきゃ。無理やりほーちゃんを手篭めにしてしまって、本当に」

ごめんなさい、いいえ、許さなくていいです、喜んでお縄になります——と言おうとしたが、目の前に掌を翳され遮られた。

「残念ながら、あの晩は何もなかったよ」

「え……」

「汐は散々吐いて、汚れた服を脱いだあとは、俺が記入した婚姻届を握り締めて、満足したように寝たんだ。俺はずっと、隣で汐の寝顔を見ていた。それだけだ」

ホッと胸を撫で下ろす。襲ってなかった。よかった。泣きそうだ。

帆高は言う。相も変わらず無表情、いや、照れもなく真剣な顔で。

「好きだよ。本当は、半年前に伝えたかった」

「……半年前……って、わたしが熱を出して寝込んだ晩？」

「そう。言えなかったんだ、あのときは。それまですげなく断ってきたくせに、背を向けられた途端、追い掛けるなんて身勝手すぎる。でも、だからと言って諦めることもできずに……俺は、汐への気持ちをずっと引き摺っていた」

信じられるはずがなかった。

妹にしか見えないと言ったのに、いつ、どうして気が変わったのか。

「一昨日、俺を、まだ好きと言ったね。諦めたなんて嘘だと」

「う、うん」

「奇跡だと思った」

そして帆高は、かつて汐から幾度も聞いた言葉をなぞるように言う。

「好きだ。俺は、汐が好きだ。好きだよ。汐が本当にまだ、俺を好いていてくれるのなら、今度こそ、側にいたい。離したくないと思ってる」

「ほ……本当に、ほんとの話……？」

「ああ」

真っ直ぐに汐の目を見つめたまま、帆高がテーブルの上に置いたのは小箱だった。

遠浅の海のような、綺麗な青色の小箱だ。結婚しよう、との言葉と同時に蓋が開かれると、透き通った大粒の石を戴（いただ）く銀色のリングが真ん中に収まっていた。

「俺は本気だよ」

汐は思わずゆるゆると両手で口もとを覆う。何故、いつからそんなふうに思っていたのか、問いたい気持ちはみるみる薄れていった。

やはり夢かもしれない。けれど、嬉しい。

夢でも幻でも臨死体験だとしても——嬉しい。

「わたしで……いいの？」

「俺は、汐がいいんだ。汐は？　俺じゃ不満か？」

「ううん！　そんなこと、絶対にない。だけど」

だけど。

「だったら、頷いてくれないか。俺と、結婚してほしい」

いいのだろうか、その手を取っても。体の弱い自分が帆高の隣にいて、迷惑を掛けてしまわない？　不安はあったけれど、帆高に「お願いだ」と懇願されたら、断るという選択肢はもう、溶けて消えてしまったも同然だった。

恐る恐る、首を縦に振る。

「わ……わたしで、良かったら……」

すると帆高は安堵したように長く息を吐いたあと、右の掌を見せた。

「左手、貸して」

応じてそこに左手をのせれば、薬指に先ほどのリングを通される。少し大きめだが、ぶかぶかというほどでもない。たまにつけるには、ちょうどいいサイズなのだろう。

薄暗い店内の照明を一点に集めたように、ダイヤモンドがまばゆく光る。

「きれい……」

「仕事中は邪魔だろうから、外してくれてかまわない。でも、それ以外のときはなるべくつけてほしい。結婚指輪も、早めに注文しに行こう」

「……うん」

普段、指輪なんてしないから、なんだか自分の手ではないみたいだ。グー、パー、指を曲げ伸ばしするたび、光がなめらかに動いて見惚れてしまう。

「泳いでるときの、ほーちゃんみたいにキラキラしてる」

うっとりしていたら、ウェイターが待ち構えていたように食前酒を運んできた。

プロポーズの行方を密かに見守っていたに違いない。

おめでとうございます、と笑顔で注がれたシャンパーニュは、ぱちぱちと微かな拍手の音を響かせていた。

2　雀、海に入って蛤となる

浅茅帆高は海上自衛官である。

艦艇勤務及び海外派遣を経て、市ヶ谷にある海上幕僚監部、防衛課に配属になった。三十七という異例の若さで一等海佐まで駆け上った帆高は、国民のために己が人生を捧げている。

「えっ、フォーラム長、結婚すんの⁉」

防衛省庁舎の地下通路に、男の声が響き渡る。

フォーラム長、というのは『国際フォーラム事務班』を束ねる帆高のことだ。

上下関係に厳しい自衛隊組織において、階級も序列も下である彼が帆高に親しげな口を利けるのは、休憩時間かつ同期の友人だからにほかならない。

「誰かの結婚式に呼ばれてるんじゃなくて、フォ……帆高が結婚するんだよね？」

「ああ、そうだ。近々、婚姻届を出す」

「信じられない！」

「……キロ、声が大きい」

慌てて口もとを押さえた男は紅林拓（くればやしたく）、二等海佐である。

キロというのは本名『紅林』が長いために付けられたあだ名で、自衛官なら必須の通信用語〈フォネスティックコード〉の『K』を表す言葉から来ている。

防衛大学出身の拓と知り合ったのは、帆高が幹部候補生学校に入学した直後だった。

中でも、卒業式後に参加する遠洋練習航海の艦内で、同室になったことは大きい。

そのとき意気投合し、以来、交流を続けてきた。

配属先が一緒になったのは、卒業後初めてのことだ。

「いや、びっくり。今年一番のびっくりかも。帆高が結婚だなんて」

書類の束を胸に抱えたまま、黒縁のメガネをぐいっと上げる。

ふたりは揃って白いシャツに黒のネクタイ、そして両肩には桜の花があしらわれた階級章をつけている。帆高は四本線、拓は三本線だ。

「それってお見合い？　だよね。帆高、付き合ってる子いなかったもんね」

「いや、お見合いではない」

「うん？　お見合いでもなく、付き合ってもいない子と結婚するってこと？」

「ああ。半年ぶりに会って、彼女の気持ちを知って、それならと」

「ちょちょ、ちょっと待って。交際期間0日婚？　彼女、本当にそれでいいの？　帆高が勝手に突っ走ってるとかじゃなくて？」

「彼女の了承は得た。だが、突っ走っている自覚はある」

というのは拓にだから話せる本音だった。

自分でもどうかしていると思う。たとえ酔ってごねられたとしたって、半年ぶりに会ったその日に婚姻届を書くなんて。

「流石は二課程の天才だね」

と、言う拓は呆れ顔だ。褒め言葉でないのは、ニュアンスからも明らかだった。

普段から、拓はこうして事あるごとに帆高を天才と称する。

いい意味でも、悪い意味でも。

ちなみに二課程とは、一般大学を卒業後に幹部候補生学校に入校する課程のことだ。

当然ながら、国防に関する知識も経験も、一課程——防大出身者には敵わない。

それでも卒業後、同様に任官されるのは、組織が多種多様な人材を求めているからであって、帆高が同期たちの中で高い序列にあるのは、持ち前の頭脳と精神力、そして血の滲むような努力あってこそなのだ。

「お疲れさまです！」

通路を半分まで来たところで、同じく海自の制服を着た青年がピシリと敬礼をした。

ざす、とだけ言いながら敬礼をする紅林の隣で、帆高は敬礼とともに「お疲れ、高林くん」と声を掛けた。別の課の三佐だ。

「その後、親父さんの調子はどうだ？」

「はいっ。お陰様で、経過は良好です！　浅茅一佐には、先日、お見舞いの品をいただきまして、ありがとうございました！」

「いや。大したものではないから、そんなに気にしなくていい。今日も早めに退勤できそうか？」

「はいっ、手持ちの仕事は片付いております!!」

　声量を抑えているつもりかもしれないが、地下道に響き渡る発声だった。

　彼と別れてから、なんのこと、と紅林に尋ねられる。

「親父さんが入院して、肝臓の手術をしたらしい。お袋さんは腰を痛めていて、付き添いは主に彼が買って出ていると聞いた」

「へえ……。帆高、本当によく部下とコミュニケーション取ってるよね。別の課の年下と家族の話をするなんて、面倒見がいいにも程があるよ」

「たまたま、食堂で一緒になったときに聞いたんだ」

「たまたまで、そこまでの話になるもの？　帆高、口数少ないのに……というか、帆高が聞く姿勢でいてくれるから、みんな話しやすいのかな」
帆高は常々、隊内で対話は欠かせないと思っている。部下たちひとりひとりと、対話する時間を作る。

忙しいときほど、ミーティングをする。全員の立ち位置、考え、健康状態や機動力などあらゆる状態を把握したうえで、鳥瞰し、統率を図るためだ。

全員に寄り添い、心を砕くためじゃない。幕僚たるもの、いつなんどきでも万全に備えていなければならない。

そう、実際に隊を指揮する長にとっての、最高のブレーンであるように。

それに、腹を割って話すことは、ストレスの緩和や不満の解消に繋がる。結果、全体の士気も向上するというものだ。

「ところでさ、話、戻してもいい？」

「なんの話だ？」

「帆高の結婚相手のこと。帆高、ずっとその子に片想いしてたってこと？」

返答に迷う。

拓の言う『ずっと』は具体的にどの程度の期間なのだろう。

当然、片想いならしていた。ここ半年ほどは、自覚もあった。

『わたし、ほーちゃんが好き』

汐に初めて告白されたときのことは、今でも鮮明に思い出せる。

まさに青天の霹靂だった。

何故なら友人である櫂の妹・汐は、帆高にとっても妹のような存在だったからだ。

兄のように慕われている感覚こそあれ、特別に想われているとは想像もしなかった。

当時、帆高は神経質なほど、男女の付き合いというものから己を遠ざけていた。

父から、いずれは跡を継いで会社経営者になれと言い聞かせられて育った。それなのに、大学在学中にいきなり路線変更をし、身勝手にも自衛官になった。

家族の反対を押し切って進んだ以上、中途半端は許されない。目指す理想へ向かって上へ、上へ、己を鍛え勉学に励み、がむしゃらに邁進してきた。

恋愛にかまけている時間など、これっぽっちもなかったのだ。

好き、ごめん、大好き、ごめん、わたしをほーちゃんの彼女にして――ごめん。

しかし汐は、帆高が断っても断っても、真っ直ぐにぶつかってくる。

思えばいじめられたって、泣いて自宅に逃げ帰るような性格ではなかった。家族にこれ以上心配を掛けたくないと、涙目で帆高を止める意思の強い人間だったのだ。

『わたし、諦めないよ』

あのひたむきさを好ましく感じられるようになったのは、いつからだったか。

当初は、無自覚だった。幼い頃から知っている彼女を、女性として見ることに少なからず抵抗感もあったのだと思う。が、一番は、帆高がそういう性格だったから、だ。

とにかく、感動が薄い。執着がない。

だから表に出そうが出すまいが結果が変わらない思いは、容易く捨てられた。

なにせ帆高は将来、父の跡を継いで家業に従事することが決まっていた。そう、生まれた瞬間から目指すゴールが決められていて、脇道など必要なかった。

己の頭で考えることすら、しなくてよかった。

それでかまわなかったのだ――自衛官を志すまでは。

『ほーちゃん、わたし、就職決まったよっ』

あれは、汐が社会に出た頃だ。

『おめでとう。では、今日はお祝いをしよう。欲しいものはあるか？』

『ほーちゃん！　ほーちゃんが夫に欲しい！』

『却下』

『じゃあ付き合って』

『ごめん』

『一夜の過ちでもいいよ？』

『いいわけないだろう。祝うのナシにして、解散するか？』
『わー、やだやだっ。ちゃんと考えるからぁ』
汐は調理の仕事に就くという夢を叶えたものの、直後から挫折の連続だった。
体を壊しては辞め、また挑戦する、の繰り返しだった。何度もふりだしに戻っては
果敢に次の道へ繰り出す。めげずに立ち向かう姿は、ひどく眩しかった。
同時に帆高は、まるで肯定されている気分になったものだ。
決まっていた未来を捨て、心が動いたほうへとひた走ってきた己を。
『好き。ずーっと好き！』
会うたび綺麗になる彼女の告白に、ごめん、と即答はできなくなっていく。
『……そうか』
『そうか、ってそれだけ？』
『ごめん』
『はい出た！　お決まりの「ごめん」、もう聞き飽きちゃったよ』
『これでもどうにか絞り出してるんだけどな』
『お詫びするのも飽きちゃったってこと？』
『いや、そうじゃない。――悪い。俺にもよくわからない』

しかし帆高は海外に派遣されたり、幹部としての教育機関へ行くなどして、とにかく忙しかった。プライベートに関して深く考えている余裕も、汐からのメッセージに返信している暇もなく時は過ぎ、帰国し、勤務地が市ヶ谷になり——そして半年前だ。

汐が熱を出した。

ふたりで食事をしようと約束していた日だった。

見舞いに行った帆高を待っていたのは、ベッドに横たわる汐、そして。

『わたし、もう、ほーちゃんのこと、諦める』

突然の敗北宣言だった。

『新しい恋、始めるつもりなの。これからはもう、ほーちゃんにしつこく言い寄ったりしないから……だから、これからもたまには妹として、会ってくれる？』

その時、天啓のように帆高は理解した。

彼女への情が、つまり恋とか愛とかに分類されるものであったことを。

まるで日焼けだ。その明るさが消え去って初めて、全身に残された火照(ほて)りに、いかに己が焦がされていたのかを思い知る。

だが、言えるわけがなかった。

見切りをつけられた途端、食い下がるなんて往生際が悪すぎる。次へ向かおうとしている汐をいたずらに引き留め、混乱させたくもなかった。

その日は黙って去り、そして帆高はひりつく痛みを胸に封じた。

いや、封じたつもりだった。つい、先日までは。

「そうだな。俺は大人げもなくずいぶん前から、彼女に恋をしていたんだろう。だが、諦めたつもりだった。会って、諦め切れていなかったことを思い知らされた」

そこで厚生棟に到着する。賑わう売店――ＰＸに足を踏み入れる。

「全っ然、気付かなかったよ。帆高が人並みに恋愛してたなんて！」

「人並み……これが」

「うん。僕はてっきり帆高は結婚とか恋愛とか、少しも興味がないんだと思ってた」

「そうか？」

「だって上官からお見合いの打診されても、片っ端から断ってただろ。女性隊員からのアプローチも全部あっさり袖にしちゃうし。……まあ、あんなこともあったし、結婚に消極的になる気持ちもわかるんだけどさ」

ああ、と帆高は頷く。

確かに、拓の言う『あんなこと』が、まるきり無関係だったとは言えない。

あれは帆高がまだ、艦艇勤務だった頃の話だ。若くして結婚した、左吾郎(ひだりごろう)という友人――幹部候補生学校で一緒だった、拓との共通の――が、妻を病気で亡くした。訓練のため、海に出ていた間のことだ。

吾郎は帆高以上に上昇志向で、家庭を顧みない男だった。妻はそんな夫に配慮したのだろう。進行性の病を言い出せず、吾郎が気付いたときには手遅れだった。

汐から『諦める』と言われたあと、帆高が食い下がれなかったのは……。

亡くなった吾郎の妻と、汐が重なった所為もある。

帆高だって目が回るほど忙しく、未だ目指すべき場所がある。体の弱い汐に、どれほど寄り添ってやれるか。そもそも汐は強がりで、無理をしがちだ。

別の男と幸せになれるなら、そのほうがいいと思った。

いや、そうして己を無理やり納得させていたのだ。けれど。

――ほーちゃんが好き。諦めたなんて嘘。本当は、まだ好き。

酔った汐に縋られた瞬間、感極まるほど嬉しかった。

そして同時に、己を恥じたのだ。どうして気付かなかったのか、と。

半年前、熱を出して寝込んだ汐が、いかに己の気持ちを抑えていたか。

遠ざけて、彼女が楽になるならいい。でも、そうでないのなら……帆高を遠ざけるためにかえって強がらなければならないのだとしたら、腹を括る。

寄り添ってやれるかどうか？

そんなのは努力する気がない奴の言い訳ではないか。

「で、缶パンを物色してるのはつまり、彼女のご両親への手土産ってわけだね」

拓はまるで、自分ごとのように嬉しそうだ。

「でも、パンよりカステラのほうがご挨拶にはいいかもよ」

「そうしよう。追加で防衛省まんじゅうはいると思うか？」

「いや、大家族とかじゃないなら、甘いものばかりたくさん持ってってても迷惑なんじゃない？　あ、やっぱりここはカレーだよ。レトルトの海軍カレーセット」

「わかった」

買い物を済ませると、その足で食堂へ立ち寄る。今日の帆高は牛丼の気分だ。

＊＊＊

翌週末には早々に、帆高が八重島家を訪ねてきた。

「汐さんと、結婚させてください」

そう言って頭を下げる帆高をソファの隣で見ていても、汐はまだ信じられない気持ちだった。膝の上、薬指に嵌めた婚約指輪に確かめるように触れる。カットされているはずなのに角を感じない、汐の体温でぬるくなったダイヤモンド――。

ある。夢じゃない。

いや、触れている気になっているだけで、全部幻で、やはり夢かもしれない。だって信じられない。帆高が汐と結婚するために、汐のすぐ隣にいるなんて。

「嬉しいわあ！　まさか、汐の相手が帆高くんだなんて」

一方、母は興奮しきりだ。

帆高が結婚の挨拶に来る、と話したときからこの調子だった。

「こないだ帆高くんから電話があって、汐をひと晩預かるって聞いたときはもしやと思ったけど、本当にそうだったのね。お母さんはもちろん大歓迎よ。ね、お父さん」

「そうだな。帆高くんは学生の頃から、櫂よりずっと優秀で真面目だった。櫂に爪の垢を煎じて飲ませてやってくれと、何度頼もうと思ったかわからない」

父もまた、諸手を挙げて大賛成、といった感じだ。

「我々には、何も言うことはないよ。願ったり叶ったり、むしろ勿体ないくらいだ。それで、式はどうするんだ？　住む場所は？」

「お父さん、矢継ぎ早に聞きすぎよぉ」とは、笑顔の母の言葉で、帆高はピシリと、まるで背中に定規でも入れているのではないかという姿勢の良さで応える。

「式は引っ越してから検討いたします。まずは入籍、次に住まい。今、私が住んでいるマンションでは手狭なので、ファミリータイプの物件を探しています」

「あら、賃貸なの？」

「はい。自衛官は転勤がありますので」

「そうかそうか。そこまで考えているなら、我々が口を出すことは何もないな。しかし、帆高くんは本当にうちの汐でいいのか？　言ってはなんだが、汐はあまり体が丈夫ではなくてね。帆高くんに迷惑を掛けるかもしれない」

「迷惑だなんてとんでもない。汐さんのことは、私が支え、守っていく所存です」

帆高はスーツ姿だ。出勤時に着ているものより生地も仕立てもよく、いかにも特別な日に着るもの、といった雰囲気がある。

自衛官の制服も素敵だが、こちらも遜色ない。

凛々しい横顔をぽーっと見つめていると、玄関が開いた気配がした。

（本当に夢でしかないよ、こんなの……）

「帆高、帆高っ。汐と結婚って、マジかよぉ!?」

そう叫びながら廊下をどかどか走るのは、汐の兄、櫂だ。ドラフト走行でリビングへ駆け込んできて、帆高の姿を認めるなり「うお」と目を剥く。

「久々に見ると、やっぱでけーな。二メートル超えた?」

「かろうじて超えてはいない。久しぶりだな、櫂。元気だったか」

「おう。下のが生まれて以来だから、五年ぶりか。けど、しょっちゅうメッセージのやり取りしてるからか、そんなに長く会ってない気がしねーな」

「ああ、言えてる。櫂は市役所の仕事、順調か？」

「まあまあかな。帆高は一佐じゃん！　そのルックスにスペック、学生の頃以上にモテんだろ。わざわざうちの汐を選ばなくても、よりどりみどりなんじゃねーの」

「そんなわけないだろう」

「つか、全然そんなそぶり、なかったじゃん」

櫂の疑問はそっくりそのまま汐の疑問でもあった。そう言えば、先日、聞きそびれてしまっていたのだった。

帆高がいつ、どうして汐を好きになってくれたのか。

そこに櫂の長女——汐の姪にあたる五歳の女の子が駆けてくる。

「パパーっ。あ、しおちゃんっ！」

ソファに汐を見つけると、姪は目をキラキラさせて飛びついてきた。

「しおちゃん、しおちゃんだぁっ。今日は何する？」

何する、と言うのは料理のことだ。

兄嫁が長男——十一歳の野球少年——の習い事やら試合やらで忙しいとき、汐は率先して姪を預かり、面倒を見ている。子供好きなので、大歓迎なのだ。

敷地内同居は今も継続しているため、短時間でも預かりやすいところが、体力のない汐にとってはありがたい。そして時間があるときは、一緒に簡単なおやつを作って過ごすのが定番なのだった。

「ごめんね、今日は大事なお話をしてるんだ。また今度にしよう？」

手を合わせて詫びると、姪の小さな眉が下がる。

「えーっ。プリン作りたかったぁ」

「プリン？　いいね、それ。じゃあ、次回はくまさんのプリンでも作らない？」

「くまさんプリン！　ゆらゆらするやつがいいっ」

「そうそう、SNSでよく見るやつだよね。了解。こないだ型を買ったから、いくつかレシピを考えておくね」

うんっ、と頷いた姪はしかし、直後に笑顔を引き攣らせる。

視線の先には、ヒグマのような巨体の男。

ようやく今、汐の隣に帆高がいることに気付いたのだろう。こんにちは、と帆高は頭を下げたが、姪はさらに縮み上がるばかりだ。

「しっ、しっ、しおちゃ……」

「大丈夫、怖くないよ。体は大きいけど、優しいの」

そういえばわたしも、最初に帆高に会ったときはこうだった……と汐は懐かしく思う。大人から見ても大柄な帆高は、子供から見れば何倍も迫力があるのだ。

しかも帆高は、汐と出会った頃よりさらに大きく、さらに筋肉質になった。姪にとっては、とんでもない脅威に思えるのだろう。

「さて、そろそろ邪魔者は消えるか」

行くぞ、と櫂は娘を抱き上げる。

「帆高、あとで諸々、聞かせろよ。とにかく、汐を頼むな」

「ああ、もちろんだ。一生、大事にする」

力強く交わされる握手に、ああ、結婚するんだ、とやっと実感が湧いてきた。二十年前、誰が予想できただろう。いずれ櫂と帆高の間で、こんな会話がなされるなんて。

その後、汐は母の勧めで帆高を二階へ連れて行った。汐の部屋は、以前、櫂の勉強部屋だった場所だ。櫂が結婚し、別棟を建てて引っ越したので、日当たりのいいそこを汐が譲り受けたのだが。

「懐かしい」

一歩足を踏み入れた帆高は、短く息を吐く。

「この部屋にはよく遊びに来た。泊まらせてもらったこともあるな」

「そうだね」

「あの頃の汐は小さかったな。ランドセルの重さに、潰れてしまいそうに見えた」

「えー、そうだった？」

「ああ」

懐かしいというより汐は、帆高が今、自分の部屋にいることが不思議でならない。

帆高が立っているだけで、いつも見ている家具が小さく、天井は低く見える。まるで子供部屋だ。

ラグの上の座卓でお茶でも、と思っていたが、ベッドと書棚、ライティングデスクに囲まれた空間は、帆高が腰を下ろすには狭すぎる。

「えと、よかったら座って？」

ベッドを示して言うと、帆高は一瞬躊躇し、それでもいつも通りの顔で「ああ」と答えた。直後、汐はハッとする。失敗した。ベッドに腰掛けてほしいだなんて、大胆な申し出だった。

けれど今さら撤回するのもおかしいし、帆高が座れそうな場所はほかにない。

（どうしよう）

弱る汐の気持ちを知っているのかいないのか、帆高はふと書棚に目を止める。

そして、気付いたようにそちらに歩み寄った。

「凄いな。これ全部、料理の本か」

「っえ、あ、う――うん。その棚は全部かも。隣のは全部じゃないけど」

助かった、と思う。状況は何も変わっていないけれど、なんだか妙な雰囲気になるのは回避できた気がする。

「日本語じゃない本もあるな。フランス語か」

「ええと、それは、アプリを使って読んでるの。翻訳アプリ、便利だよね。ちょっと意味不明なところもあるけど、そこはなんとなく、写真とニュアンスで……」

「本当に好きなんだな、料理」

「うん。もうライフワークって言うのかな。わたしの生活になくてはならないものだよ。最初は、ほーちゃんに褒めてもらえたのが嬉しくて、それだけだったのに」

「俺が褒めた……？」

「そう。お兄ちゃんの上の子の出産祝いに来てくれたとき、わたしが作ったご飯、美味しいって言ってくれたの。覚えてない、よね」

きっと何気ないひと言だったはずだ。記憶しているはずがない。そう思って今まで、帆高に話したことはなかったのだが。

「覚えてる。枝豆の炊き込みご飯に、鶏むね肉とブロッコリーのサラダ、ガーリックシュリンプ、スパニッシュオムレツ、それからヨーグルトチーズケーキ。ほかにも副菜が五つか六つくらいあったな。本当に美味かった」

汐は目を丸くした。

驚いた。もう十年以上前のホームパーティーのメニューを、そんなに詳細に覚えているとは。だが帆高のほうが、輪をかけて驚いた顔をしている。

「あれがきっかけなのか？　俺の『美味い』で、汐は料理の道に進んだのか」

「そうだよ」

汐が頷いてみせると、帆高はゆるゆると口もとを押さえた。

表情はほとんど変わらないが、思ってもみなかったとでも言いたげな反応だった。喜んでいる……のだろうか、もしかして。

そこで汐はハッとする。

料理本で埋め尽くされた本棚の手前、足もとのマガジンラックに、雑誌が半年ぶん出しっぱなしになっている。

（いけない、片付けておくつもりだったのに！）

レシピ本ならいい。

だがそれはよりによって、防衛省が編集協力している自衛隊情報誌だった。

近隣の書店ではなかなかお目にかかれないから、わざわざ取り寄せているレアものだ。届いたその日に隅から隅まで読み込み、勉強になったページには付箋（ふせん）を貼っている。

そうと知られたら、引かれるに違いない。

だって、諦めると宣言したあとに刊行された号まで揃っているのだ。

「え、えと、ほーちゃん、もう下に行かない？　ほーちゃんが持って来てくれたカステラ切るから、コーヒーでも淹れて、一緒に食べよう？」

かくなるうえは、この部屋を出よう。

さりげなく階下へ誘導したつもりだったのに、そこに「あら、ちょうどよかったわぁ」と母がやってくる。手にしたトレーには件のカステラをカットして小皿にのせたものと、アイスコーヒーがふたつずつ。

はい、とトレーごと手渡されて、移動する理由はなくなってしまう。

「ほ、ほーちゃん、食べよっか」

せめて自衛隊情報誌から興味を逸らそうと、ローテーブルにそれを並べた汐は、視線を帆高に戻して絶句した。

「……これは」

帆高はすでにマガジンラックから雑誌を抜き取り、あろうことか開いて見ていたのだ。付箋を三枚も挟み込まれたページ――『勝つべし、幕僚』の特集記事を。

すーっと密かに血の気が引く。

「その、ええと、それは……っ」

どうやって言い訳しよう。背中に冷や汗を感じつつ、膝立ちで固まる。実は、自衛官を志したことがあって――いや、嘘だとすぐにバレるに決まっている。

実はミリタリーオタクでして――ない。それっぽいインテリアも一切ないのに、そんな言い訳が通用するとは思えない。

最悪だ。真っ白だ。こうなったら、腹を決めて正直に打ち明けるしかない。

「知りたくて。ほーちゃんが家族の反対を押し切ってまで、人生を賭けようとしたものを。何も知らないくせに、ただ格好いいって騒いだら、失礼な気がして」

「失礼……？」

「うん。あのねっ、誤解しないでほしいのは、妻気取りだったわけじゃないってことなの。それは、そうなれたらいいなとは思ってたけど、そこまで暴走してたつもりはなくて、でも、あの、こ——こういうの、気持ち悪かったりする……？」

恐る恐る尋ねると、帆高はすいっと背を向けた。

やはり気持ち悪いと思われたのだ。失敗した。話さなければよかった。

すぐさま「ごめん」と汐は立ち上がる。

「いや、謝る必要はない」

「でも、引いたでしょ？ こういうの、これからはしない。やめるから。だから、」

嫌にならないで、と汐は懇願するつもりだった。

だが「やめなくていい」と帆高は遮って、貼られた付箋を指で撫でた。

「引いてなんかいない。嬉しい、と、思う」

「嬉しい……？」

「ああ。嬉しい。こんなふうに感情が揺さぶられるのは初めてで、どう表現したらいいのかわからないが」

本当に？ 気持ち悪い、じゃなくて？

汐が尋ね直そうとすると、帆高は左回りに振り返る。いや。

正確に言えば、振り返ろうとした、のだ。

実際には右足でマガジンラックを豪快にひっくり返し、途中で止まったが。

「あ、わ、悪い」

慌ててそれを拾おうとして、今度は頭を本棚にぶつける。がんっ、と鈍い衝撃音がした直後、バサバサと料理本が床に散らばって、汐のほうが焦ってしまう。

「ほーちゃん、大丈夫っ」

「大丈夫だ、俺は頑丈にできてるから。だがすまない、大事な本を……」

「そんなの全然いいよ！　怪我してないか、ちゃんと見せて」

帆高を屈ませて確認したが、幸い腫れているところはなく、胸を撫で下ろす。

「珍しいね、ほーちゃんが目測を誤るなんて」

「そうだな。気を引き締めよう」

しかし一緒に本を片付けてからも、帆高はなんとなくいつもと様子が違った。

見慣れたポーカーフェイスのようで、どこかそわそわしている。カステラを頬張ろうとして膝に落下させるさまは、何かにすっかり心を奪われてしまったようで……。

「お邪魔いたしました。……ぐっ」

八重島家の玄関を出るときには、開いていない扉に胸筋から突っ込んでよろけた。
どうしちゃったんだ帆高、と呟いた櫂と、家族全員、同じ気持ちだった。

3　貝殻で海を測る

帆高の実家には、翌週末に訪問する予定になった。

汐の両親と帆高には面識があったが、帆高の両親と汐には面識がない。

今回会うのが正真正銘、初めてなのだ。しかも帆高の結婚相手として紹介されると思うと、緊張のあまりあれこれ考え過ぎてしまう。

(優しい人かな。厳しいかな。こんな子じゃ、息子にふさわしくないなんて言われたら……ううん、ほーちゃんのご両親だもの。きっと優しい人たちだよ)

ああでも、何を着て行こう。パンツ？　スカート？　いっそスーツ？

考え過ぎて夢にまで見る有様だったから、毎日のように帆高から届くメッセージにどれだけ勇気付けられたかわからない。

――そんなに構えなくていい。俺の両親も、汐の両親とあまり変わらない。

――全然違うよ、だってうちのお父さんは普通のサラリーマンだし、お母さんはパートだし、でもほーちゃんのご両親は社長さんと社長の奥さまでしょ？

――立場上はそうだが、性格的には近いものがあると思う。

――ほんとかな……けど、なんにせよ、ちゃんとしなきゃね。わたしを選んでくれたほーちゃんのためにも、正しい選択をしたって思ってもらえるように。

――汐はいつもちゃんとしてるよ。そうだ。俺の妹と弟も、顔を見せに来るかもしれない。だが、本当に気負わなくていいから。

帆高は汐の不安をひとつひとつ拾っては、丁寧に解決してくれる。根拠のない慰めは口にしないところが、かえって信頼できると思った。

加えて帆高は、汐の肩の力を抜いてやろうと考えたのだろう。前日の夜、電話をくれた。

『お疲れ、汐』

汐が入浴を済ませ自室に戻ったタイミングでだ。

『今日はレッスンだったよな』

「うん。今日のメニューは『自宅で簡単ドネルケバブ』だよ。三か月間隔週で、手間がかかりそうに見えて案外手軽にできるアジアンメニューに挑戦するの」

ベッドに腰掛けると、帆高が『どねる……』と小さく呟くのがかすかに聞こえた。

『初めて聞く料理なんだが。あれか、トルコの伸びるアイス』

「惜しい！　トルコはトルコでも、ドネルケバブはお肉料理だよ。薄いお肉を串に刺して、本場では回転させてジューシーに焼くの。美味しいよ。良かったら、今度作るね。ちなみに伸びるアイスはドンドゥルマと言います」

『どんどぅ……』

「ふふ、発音が難しいよね。ね、ほーちゃんは今帰り？　今日もお仕事お疲れさま」

『ああ、もうすぐ駅だ。今日は少し早く終わったな』

「えっ、今二十時過ぎだよ。全然早くないよ！」

『うん、まあ、フォーラム開催前でどうしても片付けなければならない業務が詰まってるから。でも、この山を乗り越えれば、幾分楽になると思う』

そんなことを言って、帆高が年中忙しいことを汐は知っている。

仕事はもちろんのこと、帆高はときどき幹部として上を目指すための教育機関に通うことがあり、その間はメッセージを送るのも躊躇われるほど。

過酷な訓練や厳しい試験を通し、己を追い込むことで、有事に立ち向かう精神力をも鍛えているらしい——というのは本で読んで得た知識だ。

公務員の中でも、彼らほど特殊な存在はほかにないと汐は思う。

なにしろ彼らは入隊時に宣誓する。

事に臨んでは危険を顧みず、身をもって責務の完遂に務め、もって国民の負託にこたえることを誓う、と。

いわゆる服務の宣誓だ。

公務員は皆、服務にあたって宣誓をするが、危険を顧みず、という文言は汐が調べた限り自衛官にしかなかった。

「無理しないで、早く休んでね」

『ああ、汐もだ。おやすみ。……好きだよ』

囁くように付け足された言葉に、頬がじわじわと熱くなる。湯上がりで、すでに全身暑いのに、だ。

「う、うん、おやすみなさい」

照れながら、これでは恋人同士みたいだと思う。

いや、両想いなのだから恋人？　でも、プロポーズはされたものの付き合おうとは言われていない。だとすると婚約者？

どの肩書きもまだ、自分事とは思えなくて頭がふわふわする。

また明日、と告げて切ろうとしたら「うん？」と不服そうな声が聞こえた。

『汐は、好きと言ってくれないのか？　以前は、朝に晩に言ってくれたのに』

少し拗ねたような言い方がおよそ帆高らしくなくて、胸がきゅうっと震えた。

「す、……」

好き。好きに決まっている。

「すき」

『悪い、聞き取れなかった。もう一回』

「っ……大好き、ほーちゃん」

『ついでにキスもしてほしい』

「……え、えっ、ほーちゃん、そういう感じの人だっけ⁉」

以前とはまるで別人だ。それとも、恋人にはこういう一面を見せる人だった？

やだ、できない、恥ずかしい、と抵抗していると、帆高のほうからチュ、と軽く音を立てられて、顔から火が出そうになる。

『ほら、汐も』

「う……うう、次回にご期待くださいっ」

『期待していいんだな？』

「いえ嘘です、ごめんなさい」

素直に詫びると『いいよ』と帆高は微笑んだようだった。

『照れた汐の、可愛い声が聞けたから』

そんなふうに言われると、余計に恥ずかしくなる。

電話を切って、しばしベッド上で悶えて、ああ、本当に愛されているのだと実感した。信じられずにいた気持ちが溶けて流れて、内側から幸せが姿を見せ始めたような感覚だった。


土曜、汐は帆高の実家を訪れた。

不動産業の経営一家というだけあって、都内の一等地にありながら百坪はくだらない。洒落た建物は三階建てで、一階のガレージは車体の大きな外車を三台も駐めてあるのに、まだ空間が余っているほど。

帆高の実家が裕福だという話は櫂から聞いていたが、想像以上だった。

「お、お邪魔いたします」

帆高に導き入れられた玄関で、深々と頭を下げる。

散々迷ったけれど、結局服装はワンピースにした。ウエストが軽く絞られた形の、清楚な水色の、足首まで隠れるロング丈ワンピースだ。

「いらっしゃい、汐さん。ゆっくりしていってね」

帆高の母親は、豹柄のスカートに白のブラウスと派手めの服装が似合う美人だ。目鼻立ちがはっきりしていて、細身で、見た目だけで言えば、汐の母親とは真逆のタイプと言える。

通されたのは、テニスコートがすっぽり収まりそうな広いリビングだった。ソファに腰掛けていた男性が立ち上がり、軽く会釈をしてくれる。

「どうぞ、座って」

穏やかで低い声は、帆高とそっくりだ。

骨格からしてがっしりした体つきも、涼やかな一重の目や通った鼻すじも。表情筋がさほど動かないところも共通していて、帆高の父親だとすぐにわかった。

「あっ、あの、八重島汐と申します。帆高さんとお付き合いさせていただいています。これ、よかったら皆さんでどうぞっ」

差し出したのはバウムクーヘンの箱だ。挨拶としては定番すぎる気もしたが、奇をてらう余裕もなかったので、絶対に外さないであろう老舗で買ってきた。

ありがとう、と言った帆高の父親に促されてソファに座ると、母親が紅茶を運んでくる。手伝いたいのはやまやまだが、今日は客の立場なので我慢だ。

「早速なんだけど、汐さん、体調は大丈夫？」

斜め前に着席するなり、帆高の母親は心配そうに言う。

汐の体が弱いことを、帆高から聞いているのかもしれない。

「はいっ、とっても元気です。弱いと言っても免疫力が低いだけというか、風邪をひきやすいだけなので、心配なさらないでくださいね」

「よかった。順調なのね」

「？ ええと、はい、順調です」

「お昼、食べていくわよね。生ものは避けたほうがいいかしら。お寿司じゃなくて、うなぎにする？ 匂いが駄目ってことはない？」

「えっ、そんな、おかまいなく。そこまでしていただいたら申し訳ないです」

慌てて顔の前で手を振りながら、汐は違和感を覚える。

元気だと答えたのに、なおも体調を心配されているのはどうしてだろう。

それに、生ものを避けるというのは一体……と、そこで帆高の母親の視線が、ローテーブル越しに汐の腹部に向かっていることに気付いた。

腹痛を疑われている？ 胃痛？ いや、違う。疑われているのは――妊娠だ。

「いえっ、そのっ、いません!!」

飛び上がる勢いで言えば、帆高が右隣から汐を振り返る。なんのことだかわからないという顔だ。帆高の父親の表情は変わらないが、察していないふうでもない。

「そ、そういう理由で、結婚を急いだわけでは……」

「えっ、違うの？　本当に？」

「……はい」

妊娠するようなことどころか、まだキスすらしていない。かあっと耳まで染まった汐を見て、ようやく帆高はふたりの会話の意味を理解したらしい。

昨日も否定したはずだ、と静かに言った。

「汐のお腹に、赤ん坊はいない」

「そうは言うけど、もしも妊婦だったら食事には気をつけないといけないのよ」

「もしその可能性があるなら、先に告げている」

「それはそうかもしれないけど……帆高、今までどんなに尋ねても結婚に関してだけはスルーだったじゃない。お付き合いしてる人も、ずーっといないみたいだったし。それなのにいきなりこんなに若いお嬢さんと結婚するなんて、期待しちゃうわよ」

「まあまあ、そのくらいにしておきなさい」

たしなめるように割り込んだのは、帆高の父親だった。

「家内がすまない。期待と言っても、汐さんがプレッシャーに感じる必要はないよ」

「あ……ありがとうございます」

ごめんなさいね、と母親にも謝られて、恐縮してしまう。

妊娠を疑われていたことには驚いたが、帆高の母は母なりに気を遣ってくれたのだ。

わざわざ食事のことまで考えてくれて、ありがたい限りだと思う。

「ところで汐さん、帆高から料理の先生をしていると聞いたんだが」

「はい。クッキングスタジオで講師をしています」

「お勤めは長いのかい？」

「いえ、まだ数年の未熟者です。スタッフや生徒の皆さんがいつも親切にしてくださるので、こんなわたしでも務まるのだと……思っています」

声が震えそうになると、すかさず帆高が背中に手を添えてくれた。その掌の大きさと、優しい体温に、緊張がみるみる解けていく。

見計らったように、帆高の父親は言った。

「そうか。だが、帆高には転勤がある。もし地方の基地へ行くことになったら、どうする？　ついていくのかい？　だとすると、仕事を辞めねばならなくなるが」

「それは……」

汐は返答に詰まる。

正直、そこまではまだ、考えが至っていなかった。

今の職場は、その前に何か所も勤めては辞め、また探し、やっと見つけた働きやすい環境だ。別の土地で、また同じような職場を見つけるのは簡単ではないだろう。

辞めてしまうのは不安だ。でも。

「わたしは過去、辛かった時期に帆高さんに支えていただきました。帆高さんが大きな背中を見せてくれるから、頑張ろうって思えたことがたくさんあります」

チラと隣を見ると、帆高と目が合う。どんな答えを出してもいいよと、言われている気分になる。

「帆高さんが自衛官でいてくれることは、わたしの人生にとっても大きな意味があるんです。だから、ずっと側で支えていきたいです。そのうえで、わたしはわたしの夢を追えたらいいと……今は、思います」

意気込みすぎて、少々早口になってしまった。それでも帆高の両親は聞き取ってくれた様子で、ふたりで目を見合わせたあと、大きく頷いてくれた。

「よろしくね、汐さん」

「無愛想な息子だが、よろしく頼みます」

ようやく少しホッとして、汐は「はいっ」と口角を上げた。

一時間ほど歓談したあと、帆高に階上へ誘われた。学生時代に使っていた机やベッドはもう片付けてしまったが、納戸には思い出の品が残されているらしい。

「わ……！」

室内を覗き込むなり、目を見張ってしまう。

トロフィーに賞状、盾にメダル……壁に作り付けられた棚に所狭しと並ぶのは、帆高が学生時代に獲得した水泳の大会の戦果だった。

長年置いてあるものだろうに、埃ひとつついていない。聞けば常日頃から、家政婦が手入れをしてくれている、とのことだった。流石は富裕層だ。

「すごいっ。わたし、一度だけほーちゃんが泳いでるところ、見たことがあるけど、エイみたいだった。わたしもあんなふうに泳げたらなあって思ったの」

「エイ？」

「うん。たとえばイルカとかクジラとかって、波と戯(たわむ)れてる感じじゃない？　でもエイはなんていうか、波の一部になってるっていうか、あんなイメージだったの」

棚の一番上に置かれた背の高いトロフィーを眺めていると、後ろからやってきた帆高がそこに手を伸ばす。斜めになっていたのを、直そうとしたのだろう。

後ろから軽く覆い被さられる格好になって、どきっとした。

頭ひとつぶんどころか、ふたつぶん近く大きい。

(抱き締められたら、どうなっちゃうんだろう)

想像して、どっと頭が沸騰しそうになって、焦る。

何を期待しているのだろう。恥ずかしい。でも、今まで何度も考えた。帆高の腕に抱き寄せられたら、とか、壁ドンされたらどんなふうだろう、とか。

「あ、あの、ほーちゃん」

不埒な想像をしている場合じゃない。汐は焦って話題を変える。

「質問してもいいかな?」

「ああ」

「ほーちゃんが水泳を始めたのは、海上自衛官になりたかったから?」

というのは、かねてからの疑問だった。

櫂いわく帆高は小学生の頃からスイミングスクールに通っており、高校の部活では右に並ぶ者がいなかったらしい。子供時代から、水泳ひと筋だったわけだ。

それだけ長く続けてきたのは、当初より目的があったからなのではないか。父親の跡を継がねばと思う一方で、本当はずっと自衛官に憧れていたのではと汐は思った。

帆高はゆっくりと立ち位置を変え、汐に体の正面を向ける。

汐が振り返ると、覚悟を決めるようにふうっと短く息を吐き「違う」と言った。

「回天って知ってるか？」

「かいてん……？」

「そう。回る、に、天地の天で、回天」

唐突になんの話をしているのだろう。

訳がわからず、汐は帆高を見上げる。小さな窓がひとつしかない室内、壁のライトに照らされたその表情は、いつもと変わらないのに暗く沈んでいるように見えた。

俺は幼い頃に一度だけ聞いた、と帆高は言う。

「祖父が、乗り損ねたと言っていた。酔っ払ったときに、うっかり零したみたいに、ぽつりと。聞き返しても教えてはくれず、帆高が寝ぼけてたんだろうと誤魔化されて……うやむやのまま、祖父は俺が小学生の頃に亡くなった」

それから、父に尋ねたこともあったらしい。

祖父が乗り損ねたものとはなんだったのか。

だが、父は首を傾げるばかりだった。何故なら祖父は、息子はおろか家族の誰にも回天について打ち明けてはいなかったのだ。

「だから俺は、さほど重要な話とも思わず、それ以上追求しなかった。インターネットで検索すれば一発でわかっただろうに、あろうことかそれっきり」

吐き出された塊の息は、後悔の残滓（ざんし）みたいだ。

「俺が初めて回天がなんなのかを知ったのは、大学二年生の夏だった。水泳の合宿で山口へ行った。せっかくだからと部員全員で訪れたのが回天の記念館だった」

「それで……？」

「回天は、特攻兵器の名前だった」

「特攻って、神風特攻隊みたいな？」

「ああ。だが、回天は零戦じゃない。人間魚雷の名前なんだ。第二次世界大戦中『天を巡らせ、戦局を打開する』という意味で名付けられた。出撃したら、搭乗員ごと敵艦に突っ込む。脱出装置はない」

「ひどい……」

汐は思わず口もとを押さえた。

「それまで特攻と言えば零戦、という浅い知識しか俺にはなくて、戦争なんて遠い昔の話で、平和を保つのに必要なのは過去の過ちを忘れないことだけだと思っていた」

「そんなの、わたしだって一緒だよ！」

ありがとう、と帆高は言って、小さな真四角の窓を仰いだ。

「だから記念館を訪れた日、初めて俺は我が事として考えたんだろう」

「……え」

「俺が水泳を好きになったのは、水に潜れば世界から綺麗に切り離されるからだ。一切の雑音が消え、視界がクリアになり、重力からも解放される。普段、煩わしく感じているものをすべて忘れて、自由になれる」

「煩わしいって？」

「俺は将来、家業を継ぐことに関しては別に異論はなかった。でも御曹司というだけで色目を使われたり、アクセサリーのように欲しがられることには少なからず嫌悪感があった。いや、一番煩わしかったのは……感動は薄いくせに、状況を変える気もないくせに、そうして人並みに傷つく己だったのかもしれない」

でも、と光を見つめる瞳には、切望が垣間見える。

「ほんの数十年前の話だ。同じく水中で、同じくあらゆるものから切り離されて、二度と仰ぐことのない空を思う人がいた。想像したら、絶望しかなかった」

もはや言葉にならなかった。

神風特攻隊の話なら、本で読んだり映画で見たりしてわずかなりとも知っている。だが海の中でも同様に、確定した死を受け入れ戦った人々がいたことを、汐は今の今まで知らなかった。

「祖父が回天の搭乗員であったことを誰にも打ち明けられなかったのは、悲惨な過去を思い出したくなかったからなのか、生き残ったことへの後ろめたさからか……今となっては尋ねようがない。その無念さも、想像するしかない。全部、手遅れだ」

小さく頷くのも躊躇われる。

「もう誰にも、無念のまま散ってほしくない。と同時に俺は、誰ひとりとして祖父のように胸に蓋をして悔いるように生きてほしくもないと思った。島国日本の国防の要は、昔も今も、これからも海だろう。だから俺は、海上自衛官を目指した」

突然の進路変更に、帆高の両親は仰天し翻意を試みたという。当然だ。それまで家業を継ぐと言っていたのに、たった一度、記念館を訪れただけで考えを変えたのだ。しかも、己の危険を顧みずに任務にあたるべき自衛官という職業を希望している。おまえがやらなくても誰かがやることだと、父は言ったらしい。

しかし帆高はすでに心に決めていた。

「海は防衛の要であると共に、彼方に相対する国々と繋がる道でもある。諸外国との積極的な連携、協力、交流……つまり相互理解こそ、あらゆる軍備を凌駕する防衛だと、俺は信じている」

やっとわかった。

海上自衛官の中でも、帆高が曹士ではなく幹部の道を選び、ひたすら上を目指している理由。

戦いに備えるためじゃない。軍事的な衝突を万が一にも起こさないためだ。

己が波となり、帆高は国と国を繋げることに腐心している。

思えば帆高は水泳の大会で無双しても、それ以外のところで誰かと争うタイプではなかった。面倒見が良く、泰然自若としていて、実年齢よりずっと大人びていた。

「……話してくれてありがとう」

汐は半歩、歩み出て、ほぼ真上に帆高を見る。

「わたし、ほーちゃんが目指してるもの、ほーちゃんが背負ってるもの、もっとちゃんと知って、ちゃんと理解したいって思う」

断固として口を噤んでいた祖父を思えば、帆高はこの話を積極的には語りたくなかったに違いない。適当に誤魔化してしまうことだってできた。

それなのに話してくれた。

その正直さ、真摯さを想うと泣いてしまいそうになる。

「ほーちゃんを支えていくために、頑張るからね」

震える声で言い切るや否や、抱き寄せられる。声を上げる暇もなかった。

長い両腕で広い胸に閉じ込められると、体がふわっと浮き上がって、かろうじて床に届くのはつま先だけで、身動きがとれなくなる。

「っ、ほーちゃ……？」

「こちらこそありがとう、そんなふうに言ってくれて」

これが帆高の腕の中。想像した以上に広くて、熱くて——クラクラする。

「さっきもだ。転勤先にまでついて来ると言ってくれたこと、感謝している。もっと早くに、きみの手を取っていればよかった。もたもたしていた自分を、今は叱り飛ばしたいくらいだ」

我慢しようと思ったが、は、と息が漏れてしまう。苦しい。

帆高はハッとしたように力を緩めたが、汐を解放したりはしなかった。そのまま、じっと汐を見つめる。ゆっくりと、上半身を屈める。

（あ……）

経験がなくたって、予想はつく。キスだ。

近づいてくる顔。伏せられた瞼を間近に、駆け出す鼓動。心の準備もできていなかったけれど、拒否するという選択肢はなかった。

息を止め、瞼をぎゅっと閉じる。

鼻先に、軽くかかる吐息。ああ、やっと――。

まさにそのときだった。

「兄さーん」

汐がビクッと固まるのと、帆高が飛び退くのは同時だった。

加えて、帆高は背中から壁の棚に激突する。

半歩後ずさっただけなのだが、狭い納戸の中で帆高の半歩は大きかった。壁全体が揺れ、綺麗に並んでいたトロフィーや盾がバタバタとドミノ倒しになる。

「わ」

汐はすぐに手を伸ばしたが、間に合わなかった。

いくつものトロフィーが床を打ち、がらんがらんと音を立てる様は、まるでオーケストラがばらばらに音出しの練習をしているようだ。

「何やってんの」

部屋を覗き込んだのは、女性の顔だ。

続けて、彼女によく似た男が後ろから「兄さん？」と姿を現す。

ふたりともニットにデニムとカジュアルな服装だが、脚がスラリと長くて、立っているだけで絵になる。切れ長の瞳とシャープな輪郭、帆高と通じる和の雰囲気を持ちつつも、エキゾチックさのある容貌だ。

「……汐、妹と弟だ」

散乱したトロフィーもそのままに帆高に紹介され、そうだ、彼らにも会う予定だったのだと思い出す。初めまして、と慌てて頭を下げた。

聞けば彼らはそれぞれ帆高とは三つと五つ差らしく、揃って汐より年上だ。しかも妹が薬剤師、弟は弁護士と、きょうだい全員が頭脳派とわかった。

（わたし、会話についていけるのかな）

すると弟がぼそっと言った。

「兄さんって、ロリコンだったんだな」

すぐさま帆高が「汐は二十七だ」と低く答える。

これには、妹が「合法ロリね」と即座に反応した。

「なんだそれは」

「なるほど。彼女のような逸材を探して、今まで恋人のひとりも作らなかったのか」

「違う」

「否定しなくていいわよ、兄さん。もう全部、理解したから」

「何をどう理解したって言うんだ」

「残念ながら、性癖に作用する薬はないわね」

「俺も、身内の弁護だけは絶対にしないって決めてるから……ごめんよ」

「だからなんの話だ。勝手に結論を出すんじゃない」

テンポのいい応酬を前に、汐は思わず噴き出してしまう。

今まで、不思議に思っていた。大人びた帆高と、ノリのいい櫂が、どうして高校時代に意気投合したのか——なるほど、納得できた気がする。帆高の妹と弟の容赦なくズバズバ言うところが、櫂となんとなく通じるのだ。

この様子なら、上手くやっていけそうな気がする。

それからみんなでトロフィーを拾い、壁の棚に戻しつつ、十分ほど話した。

「じゃ、汐さん、また。薬のことは私に、兄さんが浮気したときは弟に相談してね」

「ありがとうございます。でも帆高さんは浮気、しないと思います」

「ですってよ、兄さん。ま、こんないい子を裏切れるわけないわね」

嵐のように彼らが去ると、帆高はごほんと咳払いをした。気まずそうなその雰囲気に、そういえば先ほど抱き締められたのだったと思い出して急に焦る。

(ううん、それよりも、キス――)

もし唇が重なっていたら、どうなっていただろう。

考えると、体の中心がゆるくて甘いゼリーみたいに崩れる感じがした。


その日のうちに、帆高の運転で婚姻届を提出しに行った。後日仕切り直してもいいのかな、と汐はのんびり構えていたのだが、一日でも早くと帆高が譲らなかった。

「ねえ、ほーちゃん、本当にいいの？　後悔しない？」

「何がだ」

「結婚相手、わたしでいいの？」

今さらだし、自分でも弱気な問いかけだと思う。

でも、最後の最後に確認せずにいられなかった。

プロポーズからこちら、まだ半月も経っていない。スピード婚にも程がある。

それに、あまりにもすべてが順調で、とんとん拍子に行き過ぎていて、幸せでしかないのがかえって怖い……というのは、典型的なマリッジブルーかもしれない。

もちろん帆高は普段通り、平然とした様子で、あっさり手続きを済ませた。

おめでとうございます、と窓口の女性に笑顔で見送られても、実感が湧かない。つい五分前まで他人だったのに、今は家族……本当に？

「どうした？」

車に戻ると、一気に口数の減った汐を心配したのだろう。帆高が、気遣わしげに運転席から顔を覗き込んできた。

「疲れたか？」

「ううん！ そんなことない」

慌てて口角を上げて見せたが、帆高はまだ心配そうだ。

「そんなことない、って顔じゃないだろう。我慢せず、きちんと話してくれ」

留めかけていたシートベルトを外し、体を捻って汐に向き直る。

「もしかして、不安なのか？ 俺の気持ちを信じ切れないとか」

「えっ!? ううん、そういうつもりじゃなくて」

「そうか？ だが、本当に信じているなら、婚姻届を提出する直前になって、自分でいいのかなんて聞かずに済んだんじゃないか」

いや、汐は事実、帆高の気持ちを疑ってはいない。帆高がこれまで言葉を尽くし、態度に示してくれたおかげで、愛されていると自信を持って言える。

「ごめんなさい。多分、」

マリッジブルーだと思う。原因は、帆高じゃない。気分的な問題なら、自分でどうにかしなければならないことだ。だから気にしないでと、汐は言おうとした。

すると太ももの上に置いていた右手を、包むように握られる。

「汐」

「……え」

「不安なら、わかるまで教えようか」

「教える、って……？」

「俺がどれほど本気か。どんなに汐を必要としているか——言葉では伝え切れないことを、今夜、一晩かけて教えようか」

一晩かけて話そうという意味だろうか。

一瞬、そう考えた。

けれど間近に迫る真剣なまなざしと、右手を掴む手の訴えかけるような気配から、違うかもしれないと思い直す。

「無理強いはしない。もともと、一緒に暮らし始めるまでは待つつもりだった」

汐はただ瞳を揺らし、帆高を見つめた。

「でも、汐さえいいと言ってくれるなら、このまま連れ帰らせてもらう」

それって、もしかして。

帆高が何を言わんとしているのか、気付いた途端、心臓が暴れ出した。一晩って、つまり、そういうこと。でも、これから？　この足で帆高の部屋へ――こんな事態、予想もしていなかった。押し寄せる艶っぽい想像に、全身が茹だる。

でも、おかしいことじゃない。

帆高と汐はつい先ほど、婚姻届を受理された。結婚し、夫婦になったのだ。むしろ、まだそういった関係でないほうが不思議なくらいだ。

「そ、その」

汐はうつむき、どうにか声を絞り出す。

「ほーちゃんは……わたしのこと、そっ、そういう目で、見られるの……？」

「見られなければ、結婚なんて申し込まない。汐は？」

「わ、わたしだって、同じだよ。ほーちゃんじゃなきゃ、嫌だもの」

「俺だって、汐でなければ駄目だ」

ぎゅっと手に力を込められて、呼吸が止まってしまいそうだった。

「そんなに不安そうな汐を、不安そうなまま帰したくないんだ。汐には、俺の気持ちを、本当の意味で理解してほしい。知っていてほしいと思う」

「……っ」

「好きだよ。俺の全てで、この想いを伝えたい」

帆高の言葉が、掌が、視線が、あまりにも情熱的で、もう何も考えられない。

頭の中では、フリーズ直前のパソコンみたいに、処理を待つカーソルがくるくると回ったきりになる。

「どうする？」

やめておこうか、というニュアンスで問われたから、必死にかぶりを振った。

「……たい」

「うん……？」

「知りたい。ほーちゃんの本気」

拒否する理由などない。

だって好きだったのだ。十年以上前から。帆高しか見えなかったのだ。

「つ……連れてって、ほーちゃんの部屋……」

帆高の部屋に着くと、照明を点けるより先に唇を奪われる。

大きな体を深く屈めて与えられるキスは、唇までそうして抱き締められているみたいだ。舌を差し込まれると、顎の付け根がきんと甘くなって、じわじわと歯が浮く。

「んく……ぅ」

これがキス。帆高のキス。

なんて優しく、なんて穏やかで、そしてなんて熱っぽいのだろう。

(男の人なんだ……わかってたつもり、だったけど)

雄の本能が帆高の中にある、ということまで考えが及んだことはなかった。

単に好かれているだけではなく、欲しいと思われている。自分が帆高の欲を掻き立てる存在なのだと思うと、ゾクゾクする。

「っあ」

肩が揺れたのは、左胸に触れられたからだ。服の上からそっと、本当にいいのかと問い掛けるようにあてがわれた掌に、膝が震える。

(ほーちゃんが、触ってる……わたしの胸に。するんだ。わたし、これから本当に)

今夜、帆高のものになる。嬉しくて、少し恥ずかしくて、でもやはり嬉しい。

ワンピースの前ボタンを外されると、骨張った指が鎖骨に触れた。

思わず、帆高のシャツの前身ごろを掴む。震え出しそうな手は指先だけがやけに過敏で、少し汗ばんだ肌の感触が、息が止まりそうなくらい生々しかった。

「……お風呂、は」

「行くな。少しも、離したくない」

首すじに口づけられ、軽く歯を立てられる。痛みはなかった。歯があたった部分から、じわじわと期待感が染み出してくる。気持ちいい、のかもしれない。

はあっ、と吹き掛けられた息が熱くて、もう立っていられない——。

かくんと膝が折れると同時に、片腕で腰を掬い上げられた。軽々と抱き上げられ、部屋の奥へと運ばれる。

「ほーちゃん、あの、わたし……初めてで……」

「わかってる。怖がらなくていい。大事にする。避妊もするから」

ベッドに上がると、キスの嵐が待っていた。唇、頬、額に耳——こそばゆさに身悶える体はあちこち撫で回され、着衣とともにもみくちゃに乱される。

「育ち過ぎだ……可愛い顔をして、こんな」

「……っ、ぁ！」

胸の膨らみが零れ出たときは焦ったが、ショーツを脱がされたときは無我夢中で、恥ずかしがる余裕もなかった。気付けば己の身を庇うものは何もなく、触れられ、擦り合わされ、唇を押し付けられ、吸われ、全身に帆高が行き渡っていって……。

「痛い、よな。無理なら、俺を止めてくれ」

「平気……っ」

「我慢しなくていい」

「う……ん、んっ……」

息を止めながらも、ふるふるとかぶりを振った。我慢なんかしていない。下腹部に鋭い痛みはあるけれど、重なる肌が温かくて、心地いいと思う気持ちのほうが大きい。

涙目で見上げると、帆高はかすかに眉根を寄せていた。

「っ……汐は、小さいな。半分で、もう、いっぱいだ」

「ふ、……っ」

「大丈夫、今夜はこれ以上、奥には行かない」

来てもいいのに。ちっとも辛くないのに。

きっちり腹筋が割れた筋肉質な体に覆い被さられると、まるで大きなキルトにでもすっぽり包まれたようで、安心感にため息が零れる。

ずっとこうしていたい。もう、離れたくない。

広い背中にしがみつこうと、伸ばした腕は長さが足りなくて、もどかしさにますます喘がされた。

「わかった？　俺が、どれほど汐を想っているのか」

問われたときには、朦朧としていた。心地よさと、気怠さと、たっぷりの幸福感の中で、半分は眠っているような状態だったのかもしれない。

どうにか頷いたつもりだが、はっきりとは覚えていない。

だから帆高の部屋がワンルームであることや、地上十二階で眺めがいいこと、インテリアがベッドひとつしかないことを知ったのは、長い夜が明けてからだ。

飾り気のまるでない室内は、他者の訪問を前提としていない。脇目もふらず目標に向かってやってきた、帆高らしい部屋だった。

4　水は方円の器に随う

　無造作にちぎったような雲が、頭上に無数散らばっている。空はまさに青といえばこれ、というわかりやすい色で、帆高はビル風に逆らって国道沿いを駆ける。

　早朝から十キロの道のりをジョギングし、到着したのはスポーツジムだった。

（午前七時……二キロは泳げるな）

　帆高の休日は、大抵、早朝トレーニングから始まる。

　ジョギングからのプール、そしてサウナという流れが最高で、雨天時にはジョギングを室内トレーニングに置き換えている。体を鍛えるのが趣味、というわけではないが、いつやってくるかわからない有事を思えば、心身ともに怠けてはいられない。

　それにしても――。

　ゆったりと慣らしのクロールをしながら、帆高は汐と過ごした夜を思い出す。

　国防を志したときから、彼女を含む国民は一様に命を捧げて守るべき対象だが、その尊さの根幹にあの晩、初めて触れた気がした。

　温かく、柔らかくて、繊細で奥深く、ゆかしい。

今度こそ失えない。何があっても離したくない。

（今夜も攫って帰りたいと言ったら、呆れられるだろうか）

そんなことを考えている間に、帆高はうっかりコースアウトしそうになる。寸前で我に返り、軌道修正をしたので、隣のレーンに入り込むことはなかったが。

「……ふう」

プールから上がったのは、八時半だ。ご褒美とばかりにサウナで汗をかき、シャワーを浴びてから帰宅する。それから素早く着替え、またマンションを出た。

汐との待ち合わせは十時。

今日はこれから、ふたりで一緒に暮らす部屋を探しに行く予定だ。

分譲も賃貸も含めていくつか、不動産業に従事する父から情報をもらってきた。

本当なら汐を歩かせたくなかったのだが、物件の周辺環境も見て回りたいとほかならぬ汐が言うので、電車を使うことにしたのだった。

待ち合わせ場所である駅前の噴水には、三十分前に到着した。

（地図を見直しておこう。最短距離で回れるように）

立ったまま、スマートフォンのマップアプリを開く。ランチに立ち寄るつもりの店は、すでにルートに組み込んでおいた。ランチのあとは、ジュエラーだ。結婚指輪を選ぶため、汐に似合いそうなブランドの店を事前に予約しておいたのだ。

段取りに抜かりはない。

「ほーちゃん！」

すると二十分後、呼ぶ声が聞こえてきた。

顔を上げると、駅の改札から小さな人影がちょこちょこ駆け出してくるのが見える。

まるでケージから脱走した小動物だ。白いレースのロングスカートを靡（なび）かせ、横断歩道を渡る姿に、転ぶんじゃないかとついハラハラして駆け寄ってしまう。

「汐」

「ご、ごめんねっ、待たせちゃって……っ」

やってきた汐は、すっかり息が上がっていた。頬を紅潮させ、華奢な肩を忙しなく上下させるさまが、やけに健気に、そして色っぽく思える。

「待ってなどいない。まだ約束の時間まで十分もある」

「でも、ほーちゃん、毎回わたしより早く着いてるでしょ？」

「俺のは習慣だから、気にしなくていい」

「でも、忙しいほーちゃんを待たせるなんてできないよ。せめて同時くらいに着けたらって、今日は早く出てきたつもりだったんだけど、やっぱり敵わなかったぁ……」

項垂れる仕草もいじらしく、いっそ抱き潰してしまいたい衝動に駆られる。やらないが。

汐はこの通り小柄で、無茶をすれば壊れてしまいそうで怖い。まして帆高は十も年上の男として、節操のないところを見せて幻滅されたくもなかった。

「可愛いな」

耐え切れず直球で呟くと「えへへっ」と汐は笑う。

「ありがとう。このスカート、今日のために新調しちゃった」

いや、服装のことではない。だがしかし、服装もよく似合っている。しかも今日のためめに、だなんて殺しに来ているとしか思えない。

「可愛い……」

「え？　うん、さっきも聞いたよ？」

可愛い。本当は、もっと言いたい。

こっちだ、と目的地に向けて促すと、汐は小走りの様相でついて来ながら「ねえ」とこちらを見上げて言った。

「ほーちゃん、いつも何分前くらいに来てるの？」

「俺はいつも五分前行動だ」

「うーん、五分どころじゃない気がするんだけど」

「ああ。号令が掛かったときには、なすべきことが終わるようにしている」

「それじゃ敵う気がしないよ……。うん、でも次は負けないっ」

うつむきかけても、すぐに前を向けるところが汐のいいところだ。いつだってめげないし、諦めない。この横顔に、何度励まされたことか。

手でも繋ごうかと言おうとしたら、ひょいと右腕を掴まれた。肘より少し上、上腕二頭筋の下部あたりに指を引っ掛けるようにして。

「あのう、もうちょっとだけ、ゆっくり歩いてもらえると嬉しいかも」

「あ、ああ、悪い。これくらいか？」

「うん、ありがとう。歩きやすくなった、けど、まだ掴まっていいよね？」

可愛い。可愛いの極みだ。もうロリコンと言われてもいい。

こんなに可愛らしい彼女が妻だなんて、何かの間違いなのではないか。幸せを噛み締めるあまり、帆高は思わず立ち止まってしまいそうになる。

白状すれば――。

いかに真面目な帆高と言えど、恋愛経験はゼロではない。

学生時代は帆高と付き合いたいという女子が引きも切らなかったし、そのうちの何人かに押し切られる格好で交際してみたりもした。付き合ってみれば、ひょっとしたら心が通うかもしれないと思ったからだ。

しかし、そう上手くはいかなかった。

彼女たちは揃いも揃って、御曹司である帆高、見た目のいい帆高、水泳大会で優勝している帆高を欲し、また、そんな帆高と付き合っている己を自慢したがった。

理解したいだなんて、誰からも言われたことはなかった。

(どうして気付けなかったんだろうな)

汐だけは、帆高をトロフィー扱いしなかった。

何年側にいても、気取らず飾らず、ただの『兄の友人』として慕ってくれた。

もしも数年前の自分に戻れるとして、汐から告白されたなら絶対に断らない。

こんな俺でいいのなら、と喜んで受け入れるだろう。いや、告白されたら、という想像は傲慢に違いない。今の自分なら、こちらから告白する。

好きだ。独り占めしたい。誰にも渡したくない。一生側にいてくれないか。

というのは、もはや告白ではなく求婚か。

「……あの、ね」

すると汐は、掴まっていた帆高の右腕に、両手でぎゅうっとしがみついた。

「こないだ、ありがとう。って、言いそびれないうちに言っておくね」

「なんの話だ？」

「その、一晩中、大事にしてくれたこと……本当にうれしかったの」

街路樹の向こうを行き交う車の走行音に、掻き消されてしまいそうな小さな声。恥ずかしそうに彷徨う視線にまで、胸を鷲掴みにされているようだった。

直後、ゴンっ、と帆高は左側頭部から固いものに突っ込む。

見ればそれは歩道の端に立っていた道路標識の柱だった。

「ほっ、ほーちゃん、大丈夫⁉」

「……ああ、なんでもない」

胸キュンが過ぎると巨体の制御が利かなくなる、とわかったのは最近だ。

なにしろ今まで、こんなふうに感情が揺り動かされることはなかった。

自分は感動が薄い人間だと思っていたが、違ったらしい。知らなかっただけだ。平常心が押し流されるほどの激情が、己の中に眠っていたことに。

しっかりしなければ、とは思うが、汐はなんと言っても可愛過ぎる。不意打ちのキュンは、どうしたって回避できない。このままではポンコツ街道まっしぐらだ。

危機感はある。

「ほーちゃん、もしかして、疲れてる？」

しかし呆れるどころか、汐は心配そうだ。

「毎日、遅くまで仕事頑張ってるもんね」

「いや、そういうわけでは……」

「そうだ！　わたし、ほーちゃんの前を歩くようにするね。だってほーちゃんは、国を守ってくれる大事な人だもの。危ないときは、立ち止まって教えるからね」

意気込む姿にノックアウトされかけて、帆高は片手で顔面を覆った。

可愛過ぎるを超えてきた。もう、これ以上、どうしろと言うんだ。

「えっ、え、顔、やっぱり痛い!?　どこかで休む？　肩っ、肩貸すからっ」

「大丈夫だ。が、五秒だけ待ってくれ……」

そんな細い肩にどう掴まればいい？

力なんて込めなくても壊しそうではないか。

それなのに汐はよいしょと帆高の腕を抱えようとするし、もはやキュンの暴力と呼べる。やめてくれ。そのくらいにしておいてくれ。平常心が保てない。

（一緒に暮らし始めたら、どうにかなってしまいそうだ、俺は）

そう思っているくせに、同居を急ぐ帆高は矛盾している。

いや、婚姻届に関してだって、あんなに急ぐ必要はなかった。

両方とも、式を挙げてからでも遅くはなかったのだ。でも。

半年前の汐の翻意を思い出すだに――。

気が変わる前に、と焦ったわけだ。

二度と手放すなんてごめんだ。汐以外、もはや考えられない。彼女が振り向いてくれないのなら、死ぬまで独身でいたってかまわなかった。

我ながら必死だと、帆高は掌に隠れて一瞬自嘲した。

＊＊＊

「一軒めのカウンターキッチンもいいけど、二軒目のアイランドキッチンもいいなあ。調理道具がたくさん収納できるの、すっごくいい。本当に迷っちゃう！」

三軒の物件を立て続けに見学し、汐の頭の中は幸福な想像でいっぱいだ。

広いリビングダイニングには大きなソファを置いて、プロジェクターで映画を観たい。３ＬＤＫならひと部屋はいずれ子供部屋にしたいし、広いベランダで観葉植物も育てたい。なにより、大好きな帆高と早く一緒に暮らしたい。

「キッチンは汐の仕事場だからな。よく吟味するといい」

「ふふ、ありがと。ほーちゃんは？　今日見た中では、何軒めがよかったと思う？」

「エレベーターの数が多い一軒めかな。出勤時にもたつかずに済みそうだ」

「そっか。そういう選び方もあるんだね」

このあとは遅いランチを食べたあと、ジュエラーへ向かう予定だ。

数日前、どんな店で結婚指輪を選びたいかと聞かれ、とにかく料理の邪魔にならないシンプルなもの、と答えたら、帆高が何軒か予約をしておいてくれたのだ。

「こっちだ。汐が好きそうなベトナム料理の店がある」

時折、スマートフォンでマップを確認しながら、導いてくれる横顔が頼もしい。前を見据える切れ長の目も、無駄のない輪郭も、がっしりした首すじも、雄々しさの象徴のような喉仏も、どうしてこんなに色っぽいのだろう。

見上げていると、息苦しくなってくる。

気道のあたりにまだ、あの晩、吐き出しそびれた歓喜が詰まっているみたいに。

(今日は指輪を見たら、それでさよなら、なのかな)

できれば、今夜も一緒に過ごしたい……というのは贅沢な望みだろうか。

一泊できるよう、鞄に着替えやコスメを入れてきたものの、言い出せそうにない。

「あれっ、フォー長!?」

すると、前方からそんな声がする。帆高も気付いたのか、体をわずかに傾け、それから目を丸くした。直後、やってきたのはメガネをかけた青年だ。

「うわー、市ヶ谷以外の場所でばったり会うのって初めてじゃない？　僕はトレーニングウェアを探しに行くところなんだけど、帆高は？」

どこ行くの、と言いながら立ち止まった彼は、そのときやっと汐の存在に気付いたのだろう。驚いたように仰け反って「もしかして妹さん？」と言った。

「いや。妻だ」

「妻!?　え、もう結婚したんだっけ？　てか奥さん若くない!?　フォー長、ロリ……」

「言うな。違う。汐は二十七だ。学生ではない」

スポーツウエアメーカーのポロシャツにジョガーパンツというカジュアルな装いの彼は、帆高いわく同期――つまり海上自衛官で、同じく海幕勤務らしい。

道端で話し込んでいては通行人の邪魔なので、目的のカフェに三人で入る。

奥の円卓に通されると、汐はバインミーというサンドイッチのランチセット、帆高と彼は米粉の麺であるフォーのセット、それとベトナムコーヒーをオーダーした。

「改めまして、汐さん。僕は紅林拓と言います。いやあ、まさかフォー、じゃなかった、帆高の奥さんがこんなに可愛い子だとは思わなかったなあ」

「恐縮です。あの、さっきから気になってたんですけど、フォー長って……」

今、オーダーした麺のことじゃないですよね、と言おうとすると、拓は気付いたように「ああ」と言った。

「それね、フォーラム長の略だよ。帆高、仕事で国際フォーラム班の長をしててさ。僕らは名称系、なんでも短くしちゃうのが癖だから、つい」

「短く、ですか」

「そう。僕はと言えば、帆高たち昔馴染みには『キロ』って呼ばれてる」

紅林、がどうして『キロ』になるのか。フォー長、まだわかるが、キロはさっぱり想像もつかない。自衛隊ならではのあだ名の付け方でもあるのだろうか。

尋ねようとすると、コーヒーが運ばれてくる。甘い練乳の香りがするコーヒーだ。

それを片手に「てかさ」と、拓が話を継いだ。

「帆高が、汐さんに片想いしてたんだよね？　こんな若い子とどこでどうやって知り合って、いつ惚れるような事態に発展したって言うんだ？」

拓は誤解している。汐は慌てて割って入る。

「いえっ、片想いしてたのはわたしのほうです。ちっちゃい頃からずっと憧れてて、高校生のときに初めて告白したんですけど、ずっと玉砕続きで……」

「ええ？　でも帆高、長いこと汐さんを好きだったって聞いたよ、僕は」

「そう……なんですか？」

　右隣の帆高に視線をやれば、うん、と真面目な顔で頷かれた。

「汐ほど長くはないけどな」

　では具体的にいつから、とは、知りたくてたまらないが第三者がいる前では聞きにくい。

「いやー、仲が良くて羨ましいね。でも散々振ったくせにプロポーズとか、帆高、悪い男だなあ」

「いえっ、プロポーズはわたしが言わせたようなものなので、帆高さんのことは責めないで下さい」

「いやいや、言わせたってことはないよ。帆高、結婚に関しては頑固だったもん。上司からどんなに縁談を打診されても、全部断ってたくらい」

　それは初耳だ。帆高に縁談の話が……ちっとも知らなかった。

「ああ、なんかわかったぞ。帆高、汐さんに何度も好きって言われるうちに、可愛くなっちゃったんだな？　で、ずいぶん前から恋だって自覚してて、いや、でもそれならなんで最近まで告白しなかったんだ？」

拓に「どういうこと？」と問われた帆高は、バツが悪そうになった。自分の話なんて滅多にしない帆高のことだ。根ほり葉ほり聞かれたら、困ってしまうに決まっている。

「あの、紅林さんも海幕勤務なんですよね？　ほーちゃ……いえ、帆高さんとは、同じ課なんですか？」

汐はあえて、話題を変えた。

そこでオーダーした品が次々に運ばれてくる。バインミーにサラダにスープ、それからフォーとベトナム風ぜんざい。バインミーのこんがり焼けた硬めのパンと、サンドされた鶏肉、そしてフォーにも同じく添えられたパクチーが目にも美味しい。

もりもり食べながら、そして拓は語った。

帆高とは幹部候補生学校の同級生で、卒業と同時に出発する遠洋練習航海の際、同室だったということも。

「僕、防大に入ったばかりの頃は周囲と比べると体力なくて、いわゆる赤帽でさ」

「赤帽ってなんですか？」

「カナヅチってこと。練習はしたし、それなりに泳げるようにもなったんだけど、苦手は苦手のままでさ。防大はまだなんとかなったんだけど、幹校の遠泳では距離が伸びたから、もう死ぬかと思ったよ」

「そんなに泳がないといけないんですか、自衛官になるために」

「うん。かたや帆高は水泳で国体出るくらいの実力者で有名だったから、憧れたなぁ。頼むから泳ぎを教えてくれ！　って頭下げてお願いしたこともあったっけ」

「それ、わたしも同じです……！」

汐は全力で同意してしまう。

「わたしも帆高さんに憧れてスイミングを始めて、泳ぎ方を教えてもらったりして。でも結局、体力がなくて続けられなかったんですけど」

「あはは、なんか通じるものがあるなあ。仲良くなれそうだね、僕たち」

握手、と差し出された右手を取ると、拓の掌はマメだらけでところどころ硬くなっていた。それだけ鍛錬に鍛錬を重ねてきた証拠だ。

類は友を呼ぶ、やはり帆高の友人だと思う。

「今度、ほかの仲間にも紹介するよ」

「ありがとうございます。よろしくお願いします！」

お辞儀をし合いながらも、握った手を上下に動かす。なんとなく手を離すタイミングを掴めずにいたら、帆高が軽く咳払いをして、汐の手首を掴んだ。

「あと二十分でここを出ないと、予約時間に間に合わない」

焦った様子で、拓が手を引っ込める。

「あ、ごめん。やっぱり予定があったんだね」

「ああ、結婚指輪を見に行くんだ。悪い」

じゃあ急がないと、と拓は大口でフォーを頬張る。セットのサラダや、スープもだ。ふたりとも、まるで吸い込むようにテーブルの上のものを平らげていくから、汐は焦った。自分も急がなければ。せっかく美味しいのに、必死になって口に詰め込むだけで、味わっている余裕もない。

(自衛官の人たちって、みんなこんなに食べるの早いの!?)

そうして懸命に食事を終えたのに、店を出たのは予定時刻の三分前――。

「じゃあ、また週明けに職場でね」

そう言って拓が去ろうとしたところで、汐は思い出す。羽織っていたカーディガンを、荷物入れのカゴの中に置いてきてしまったことを。

帆高は自分が行くと言ってくれたのだが、申し訳ないので断って、ひとり店内へ駆け戻る。危うく片付けられそうになっていたそれを受け取り、店を出ると、帆高は店のテラスに並ぶ背の高い観葉植物の前に、まだ拓と一緒にいた。

「――で、三か月後にはこっちに来るって。飲み会セッティングするけど、もちろん来るだろ、帆高」

拓の声はそれまでと違って、少々低く、そして不自然なほどひそめられて聞こえた。

ああ、と頷く帆高もまた、沈んだ声をしている。汐は思わず、植物に隠れる。

「なんだよ。もしかして帆高、まだリマに報告してないの、結婚のこと」

「ああ」

「先に僕から、それとなく伝えようか？」

「いや。顔を見て、俺から直接話すつもりだ」

「そうだね。心配しなくても、きっと喜んでくれるよ。半年前に会ったときは帆高、すごく落ち込んでただろ。リマ、めちゃくちゃ心配してたんだからさ」

リマ――女性の名前に違いない。

どくどくと、脈が濁流みたいになる。

その人に結婚の報告をしていないって、どういうこと？

いや、拓の口ぶりでは、半年前にも帆高はその人に会っている。半年前と言えば、汐が帆高に敗北宣言をした頃。そして帆高が、汐に好きだと言おうとした頃。

ひょっとして——。

帆高は、半年前まで「リマ」という女性と付き合っていた？

彼女と別れて、傷心の果てに、仕方なく汐のほうを振り向く気になった？

（ううん！　そんなことない）

帆高が特定の誰かと親密にしていたという話は、聞いていない。

それに帆高は、そんなふうに女性を取っ替え引っ替えするような人じゃない。目の前の人が駄目なら次、なんて誠意のない付き合い方は絶対にしない。でも。

汐との結婚を彼女に伝えられない、伝えることに不安があるということは、つまりまだ未練があるからなのではないか。

「汐」

そこで汐に気付いた帆高が、振り向いて手を差し伸べてくれる。

「どうした？　カーディガンはあったのか？」

「あ、うん」

拓と別れ、楽しみにしていたジュエラー巡りをしながらも、ちゃんと笑えていた自信が汐にはない。移動中、尋ねてみようともしたのだが、直前で呑み込んだ。

プロポーズ以前の帆高に関して、汐には口を出す権利などない。もともと付き合っていたわけではないのだ。

帆高が誰を好きになろうが、関係ない。

「ほーちゃん、あの、今日って何時まで大丈夫……？」

帰りの電車の中、隣に立つ帆高の袖を引く。

こんなに不安定な気持ちのまま離れてしまうのは、あまりにも苦しかった。

部屋に行ってもいい？　とはまだ口に出さないうちに、帆高が体を屈めて囁く。

「連れて帰ってもいいのか？」

間近で目が合って、頬に熱を感じながら頷く。

よかった。まだ一緒にいられる。

「……っ」

雪崩れ込んだベッドの上、帆高は何故だか汐の右手にばかり執拗に口づけた。掌に頬を擦り寄せられたり、指の付け根をチロチロと舌でくすぐられたりもして、みるみる息が上がってしまう。

「あ、どう、して……」

震えながら涙目で問えば、手の甲にキスをしながら言われる。

「俺の、だろう？」

欲の滲んだ視線に、心臓が跳ねる。きゅっとその手を握られて、思い出したのは昼間、拓と握手をしたことだった。

（もしかして、やきもち……？）

いや、それしか考えられない。帆高が妬くなんて初めてだ。そこまで想われているのだと思うと、嬉しさと戸惑いで身体の芯が甘く痺れる。

しかし、噛み締めている暇はなかった。握ったままの手をシーツに押し付けられ、上からのしかかられたから。

「あ……！」

入り込んでくる熱の塊に、びくんと背が反る。

前回のような鋭い痛みはなかった。

代わりに、強烈な圧迫感とぶちまけたような喜悦が押し寄せてくる。飲み込んでいるのはこちらなのに、飲み込まれていく感じがする。

「可愛い、汐。俺の汐」

「ん、ふ……っ」

「キツい……よな。息を吸って、ゆっくり吐くんだ」

言われた通りに深呼吸すると、わずかに窮屈さが和らいだ。よほど力んでしまっていたらしい。

「……っぁ、ほー、ちゃん」

「うん？」

「これ、すごく……気持ちい……い」

ほうっとため息をついたら、握った手に力を込められた。

「無理なら教えてくれ。今夜は、行けるところまで行きたい」

間近にあったのは、もう耐え切れないとばかりの苦悶の表情だ。

ひとしきり揺さぶられると、不安だった気持ちは小さくばらけた。鮮やかな快感と混じり合い、乳化したみたいに目の前を真っ白にする。

帆高の腕の中では、ほかに何も考えられない。ここにあるのは、圧倒的な幸せだけ。

しかし、いくら夢中になって混ぜ合わされても、完全に溶け合うわけじゃない。事が済めば結局、分離してしまうであろう体と体が焦れったくて切なかった。

（わたしは、ほーちゃんが初めてだけど……ほーちゃんは違うのかな。リマさんにも、こんなふうに優しくした……？）

考えたくないのに嫌な想像ばかりが頭を巡って、逃げるように汐はたくましい肩にしがみつき、目の前の快感をひたすら貪った。

「汐、これ」

帆高から、一枚のカードを差し出されたのは翌朝だ。ベッドの中、寄り添ったまま受け取って見てみると『card key』と印字されている。

「この部屋の鍵だ。いつ来てくれてもいい。俺の許可を取る必要もないから。この通り、何もない部屋だけどな」

つまり合鍵だ。

「いいの!? ありがとう……っ。うわぁ、恋人って感じ！」

「恋人？ 汐は俺の妻だろう」

「あ、うん、そうだった。すごい、合鍵だぁ。大事に管理するね。ふふ、嬉しいっ」

「ああ。そんなに喜ばれると、俺まで嬉しくなるな」

好き。帆高が好きだ。

一緒に過ごす時間が増えるたび、深くなる気持ちはもう、どうやったって消せない。

5　大海は芥を択ばず

忘れられない夏が、汐にもある。

高校二年の夏休みに行われたのが、通っていた高校の修学旅行だった。

長期休み中に行われるのは、秋の混雑期を避けるためであると説明があったが、秋以降は勉強に集中させようという進学校なりの狙いがあったのかもしれない。

ともあれ四泊五日の国内旅、行き先が長崎だと知ったとき、汐は飛び上がって喜んだ。というのも――。

『久しぶり、汐。長崎へようこそ』

当時、帆高は佐世保地方隊の艦艇に勤務していた。

二十七歳、次の昇級を見据えた二等海尉の彼は、汐が修学旅行で近くまで行くと連絡したところ、宿泊先であるホテルを訪ねてきてくれた。

滞在二日目の朝だった。

『ほーちゃん！　ほーちゃんっ、会えて嬉しい！』

汐はロビーの片隅で声を上げる。本当のことを言えば、飛びついてしまいたかった。

というのも帆高はそのとき、白い半袖の官服を身につけていた。

海上自衛官の夏の制服だ。

波のように眩しい白に、金ボタンがキラキラ光って、目が眩むほど凛々しい。袖にどうにか収まっている上腕二頭筋もワイルドかつセクシーで、写真に撮ったあと大きくプリントして部屋の壁に貼りたいくらいだ。

『格好いい……格好よすぎて、目がもげそう……』

『どうやってもげるんだ』

『それだけすてきってことなの。はぁ、好きになるなって言われても無理だよぉ』

『そうか？　汗臭くないか、俺』

『全然！　海のにおいはするけど……でも珍しいね、ほーちゃんが制服なんて』

『ああ。帰港したばかりで、着替えが間に合わなかった。この姿で長居はできない。すぐに戻らないと』

『自衛官の服って、外部の人には見せちゃいけないものなの？』

『そういうわけじゃない。俺ひとりなら、己が気を引き締めればいいだけの話だ。が、誰かと会うときはそれだけじゃ済まないだろう』

どういう意味だろう。よくわからない。似合うのに、と汐は首を傾げた。

ともあれ、忙しい任務の合間に急ぎ駆けつけてくれたのは間違いない。修学旅行の楽しさで頭はすでにハイだったのだが、帆高の眩さでますます気分が高まる。

『さっき帰港したばかりってことは、ずっと海の上にいたんだよね。お勤め、お疲れさま。ほーちゃんに護られてると思うと、日本ってすっごく安心感ある！』

『褒め上手だな、汐は。今日はどのあたりを観光するんだ？』

『今日はテーマパーク。明日は平和記念公園と原爆資料館の予定だよ。資料館、トラウマになるって噂だから、ちょっとどきどきしてる……』

『そうだな。資料館の展示はかなり衝撃的だが、それでも観るべきだと思う。過去の過ちを、二度と繰り返さないために』

『ほーちゃんは資料館、行ったことあるの？　って、あ、そうか。ほーちゃんのときも修旅、長崎だったんだよね。ルート、当時から変わってないってことかぁ』

小学生の頃、そういえば櫂から長崎土産をもらったのだった、と思い出す。あれも確か、夏休み中のことだった。今の今まで忘れていた。

『あのときは、当事者意識が薄かったんだけどな』

帆高は言って、苦笑する。

『当事者意識って、なんの？』

『こっちの話だ。佐世保港には来ないのか？』

『残念ながら、進む方向が逆なんだよね……。あーあ、せっかくならほーちゃんが艦艇に乗ってるところ、見に行きたかったなぁ。ていうか、一緒に船に乗ってみたいっ。船上のほーちゃん、めちゃくちゃ格好いいんだろうなぁ』

『汐も入隊するか？』

『それは体力的に、天地がひっくり返っても無理……』

そこでふと、己の体を見下ろしてハッとする。部屋着のTシャツとハーフパンツ……これはあまりにもなかった。

いくら早朝、帆高から突然訪ねていくと連絡があったからと言って、慌てすぎた。寝癖だけは直してきたが、それより先に制服にでも着替えるべきだった。

全然可愛くない。むしろ恥ずかしい。

でも、まだ、もう少し側にいたい――心が忙しい。

『そろそろ戻れ。修学旅行中だろう』

『大丈夫！　朝食まであと三十分はあるし』

『朝食前に抜け出してきたのか。誰かに伝えてきたか？』

『そっ、それは……みんな、まだ寝てたから……』

『すぐに戻れ。修学旅行は集団行動を学ぶ場だ。点呼の際に姿がなくて叱られでもしたら、ご両親にも申し訳ない』

『うー……、怒られてもいいのに』

『俺がよくない』

『ほーちゃんは真面目過ぎるよぉ』

しかしそんな融通の利かなさも、帆高の魅力のひとつだ。駄々をこねて嫌われたくもなく、仕方なく『わかった』と付け足せば、紙袋を差し出された。

『土産だ』

『え、いいの？』

『気に入るかわからないけどな』

紙袋はずっしりしていて、小さな箱がいくつか入っている。立ったままひとつ取り出し、開いてみれば、中身は金縁で青い花柄の小さな丸いお皿——豆皿だった。

『かわいい……！　これ、波佐見焼だよねっ。ガイドブックで見たよ』

『ああ。先月、見かけたときに汐を思い出して買ったんだ。汐、料理好きだろう』

『うん、うんっ。うれしい。こういうの、絶対に買って帰ろうと思ってたんだ！』

しかも急いで見繕ったのではなく、先月にはもう用意しておいてくれた。帆高の心の片隅に、汐の存在がある証拠だ。

汐といえば料理、と思ってくれたのも嬉しくて、自惚れずにいられない。この調子なら、付き合ってもらえるかもしれない。

『ほーちゃん、好き……結婚しよ……』

思わずうっとり呟くと、即座に『ごめん』と謝られる。

『期待させたなら悪かった』

いつも通り、真顔でだ。

少しはつけ入る隙があればいいのに、そんなものは欠片もない。

『その土産物に深い意味はない』

『でっ、でも、まったく好意がなかったらお土産なんてくれないでしょ？』

『ごめん』

『うー、潔く頭を下げる姿も格好いいとか、お、思いたくないのにぃ』

直後、同室の友人が三人、焦った様子で駆けて来た。

汐、こっち、と青ざめた顔で腕を引っ張られて、ぎくりとする。もしかして、勝手に部屋を抜け出したのが先生たちにバレたのでは……というのは杞憂だった。

友人たちは、部屋からいなくなっていた汐を探し、そして巨漢の男と一緒にいるのを発見した——攫われるかと思った、というわけだ。

誤解はすぐに解け、なにより通報されなかったことに汐は胸を撫で下ろした。同時に、なんとなく察する。帆高が、制服だからすぐに戻ると言った理由を。

あの制服は、一種の記号なのだ。

ひと目見ただけで、自衛官だと誰もがわかる。

そして自衛官は自衛隊の一員であり、自衛隊は、防衛省——国の組織だ。制服姿で出掛けるということは、つまり彼らは国の看板を背負ってそこにいるのと同じ。

（ただ、格好いい、だけじゃ駄目なんだ……）

翌日になって訪れた原爆資料館で、その考えは確信に変わる。

ひときわ大きな帆高の背中にのし掛かるのは、国民の安全、信頼だけじゃない。脈々と受け継がれた歴史や、賛否ある人々の思想までもを、彼はひっくるめて背負っている。そのうえで安全保障を確固たるものにするべく、常に高潔であらねばならない。

そう思ったら汐は、震えるほどの畏敬の念を覚えた。

今でも、あの豆皿を使うたびに背すじが伸びる。

淡い水色に輝く金の縁取りは、まるで遠浅の海から望む日の出のようで、帆高にはいつまでも崇高な夢を見続けてほしい。そう願わずにはいられなくなる。

——今週末の物件探しは一旦休みにしよう

週半ば、帆高からそんなメッセージが届いたから、一瞬、肝が冷えた。同居を見送りたいという意味だと思ったからだ。

リマ、という女性が三か月後に訪ねてくることを知って、汐との結婚について思い直したのかもしれないと怖くなった。が、そうではなかった。

「ここからは少し歩くが、大丈夫か？」

「うん！」

土曜の朝、帆高の運転でやってきたのは横浜港だった。

車をコインパーキングに駐め、帆高は「急ごう」と汐の手を引く。白いカットソーに羽織った、ブルーのシャツの背中が空みたいに広くて、ついうっとりしてしまう。

中華街には目もくれず、花々が乱れ咲く山下公園を素通りし、赤レンガ倉庫の脇を抜けると、見えてきたのは桟橋だった。

「わ、海……！」

深い色の海面が、朝日を反射して鱗のように光っている。遠くにコンテナ船、それよりもっと遠くにはミニチュアのようなビル群が見える。

「きれい！　わたし、海って久しぶり」

大型のクルーザーが停まっている。遊覧船だろう。

しかし一般的な船らしい船ではなく、流線型で少々未来的な形だ。立ち止まって眺めようとすると、繋いだ手を引かれ、あれよという間に乗船させられてしまった。

「え、なんで、ほーちゃん、これって」

「横浜港一周クルーズ。急遽予約しておいたんだ」

「嬉しい……けど、どうして急にクルーズ？」

「汐、以前俺と船に乗りたいって言ってただろう」

言っただろうか。覚えていない。いや――。

たとえ本当に言ったとしたって、唐突に今日、物件探しを中断してまで何故、クルージングなのか。

（気が向いた、とかかな……？）

見れば船内には、窓際と中央に一列ずつ、テーブルと椅子が置かれている。

朝一番の便だからか、乗客の姿はまばらだ。窓の外の景色はゆったりと上下に揺れ、ここが地上でないことを伝えてくれる。

「何か飲むか？」

「ううん」

「じゃあ、早速だけどデッキへ行こう」

何を考える暇もなく、船尾の階段を上って二階のデッキへと連れて行かれた。

途端に視界が開けて、予想以上の開放感に背すじが伸びる。

緩い波に覆われた、底の見えない深い色の海面。遠く、対岸に立ち並ぶ蜃気楼みたいなビル群。動く要塞に見えるコンテナ船。

ところどころに突き出した白黒のガントリークレーンは、天を食もうとする首長竜といった感じだ。

「壮観だぁ……」

「だな。座ろうか、汐」

サンルーフの下、日陰になっていた席に並んで座ると、クルーザーは低いエンジン音を響かせて動き出した。

（あ、かもめ！）

どこまでも広い空を見上げれば、前髪を巻き上げ、潮風が吹き過ぎてゆく。

海のにおいは、どことなく甘い、と汐は思う。もちろん、甘いと言ってもバニラや花の香りとは種類が違う。もっと生っぽくて、濃厚で、体温を感じるような甘さだ。あの夏、白い官服の背中から潮の香りがしたから、そう思うのかもしれないが。

「……船って、こんなふうなんだね」

ポツリと呟くと、左隣で帆高が背もたれに体を預けながら不思議そうにする。

「初めて乗ったみたいな口ぶりだな」

「初めてだよ」

「うん？　クルーザーが？　船全般が？」

「船全般。高校の研修旅行でボートを漕ぐ予定だったんだけど、体調悪くて乗れなかったりしたし。ねえ、ほーちゃんが乗ってた護衛艦もこういう乗り心地なの？」

言いながら、あ、もしかして、と思う。

帆高と船に乗ってみたいと言ったのは、例の高校の修学旅行のときかもしれない。

「護衛艦の揺れは、こんなものじゃない。外洋だからというのもあるだろうが、訓練のためにわざと蛇行したりもするからな。足腰や体幹を鍛えておかないと、真っ直ぐには歩けない。上陸してからも、まだしばらく揺れている感覚が残るほどだ」

「これよりもっと揺れるの!?」

「ああ。嵐のときなど特に凄まじい。対して、もっとも揺れないのは潜水艦らしい。船酔いしやすいが船に乗りたい、という人間が潜水艦を希望することもある」

「そっか。潜水艦は海中だもんね。波に乗らないよね」

「汐は？　念の為、酔い止めも持ってきたが、気分悪くなってないか？」

「ぜんぜん平気。すっごく気持ちいい！」

出航時より濃くなった潮の香りを、胸いっぱいに吸い込む。うなじまでしっとりとした風に撫でられ、湿気が爽やかだなんて初めて思った。

（ほーちゃんが護ってくれている、海……）

やがて前方にはベイブリッジが見えてくる。

左右に細く連なる白い道は、側面がギザギザした形状になっていて、なんとなくファスナーのようだ。開いたら、ごちゃごちゃした埠頭の景色と空を、きっと綺麗に分割できる。想像すると、面白い。

「楽しいね、ほーちゃんっ」

頬を緩ませて隣を見ると、帆高が安堵したように口角を上げた。ほんの数ミリだけ、よほど注意して見なければわからない程度だが。

滅多に拝めない変化に、どきっとする。

「元気が出たみたいだな。よかった」

「……え？」

「このところ、電話でもメッセージでも塞いでいるようだったから」

そうだっただろうか。いや、そうかもしれない。

リマのことが気になって、思えばこの一週間、いつもどことなく憂鬱だった。

でも、なるべく表に出さないようにしていたつもりだ。職場でも誰にも気付かれなかったのに、帆高はいつから察していたのだろう。

「ごめんな。プロポーズからこっち、ずっと駆け足だっただろう。入籍が済んだら今度は新居探しで、気が休まる暇もなかったよな」

「そんなことないよ！」

「いや、わかってたんだ。休みもこのところ俺に合わせて、週末にまとめて取るようにしてるだろう。体だって疲れていたはずだ。無理をさせてすまない」

「そ——それは、確かにそうだけど、無理してるわけじゃないの。わたしが、ほーちゃんといたいから」

「それもわかってる」

申し訳なさそうな顔で、前髪をくしゃくしゃっと撫でられる。

「今日逢う予定自体、本当はキャンセルしようと思ったんだ。でも、体を休ませるだけでどうにかなるような雰囲気には見えなかったからな。第一、俺たちは夫婦なんだ。出来うる限り、寄り添いたい」

「ほーちゃん……」

「船を降りたら、食事だけして解散しよう。今週末は、ゆっくり過ごしてほしい」

夫婦。そう、帆高が言ってくれた。しかし汐には、その言葉を噛み締める余裕はなかった。

というのも直後、船の後方が、わっといきなり騒がしくなったからだ。

「人が落ちたぞ！」

鬼気迫る誰かの声に、汐は驚いて背すじを伸ばす。

落ちたというのは、まさか海に、だろうか。

帆高はと言えば、すでにクルーザーの後方へと駆け出していた。階段を降りながらシャツ、カットソーを素早く脱ぎ捨てる仕草に迷いはない。

汐は椅子から立ち上がったものの、ほかの人々の勢いに圧（お）され、それ以上動けなかった。こんなときは、小柄な自分が恨めしい。

辛うじて、二階デッキの手すりから、身を乗り出すだけで精いっぱいだ。

そうして見えたのは、船より十メートル後ろのほうでバシャバシャと水しぶきを上げ、もがく人の姿だった。頭と手しか見えないから、年齢も性別もわからない。

そこに投げ込まれる浮き輪……風に流されて、残念ながら届かない。

ああ、と残念そうな声が上がる中、オレンジ色の救命胴衣を片手に、誰かが海に飛び込んだ——帆高だ。

(ほーちゃん!)

汐は心臓が止まりそうだった。溺れた人を助けるときに自ら飛び込んではならない、というのは学校でも習ったくらい当たり前の話だ。

船上の人々もざわついている。

緊迫した雰囲気の中、帆高は、落水した人を見失わないためだろう。頭を海面に出したままの片手クロールという、不思議なフォームでぐんぐん泳ぐ。

クルーザーが前進をやめるのと、乗組員が船尾に駆けつけてきたのは、ほぼ同時だ。

しかし彼らには、もはやなすべきことなどなかった。

というのもそのときすでに、帆高が溺者に辿り着いていたからだ。救命胴衣を掴ませ、落ち着かせるさまはまるで水難救助のお手本のようで危なげない。

その間、帆高はずっと立ち泳ぎをしていたのだろう。

なにやら言葉を交わしたあと、救命胴衣に掴まって浮く人を仰向けの格好にし、今度は片手で牽引しつつ平泳ぎを始めた――近くの岸へ向かって。

帆高が泳ぎ着く頃には、岸にも救助しようという人が集まっていた。

溺れていた人のあとに帆高が引き揚げられると、船上には拍手が鳴り響く。緊張の糸が切れた汐は、危うくデッキにへたり込みそうだった。


「ごめんな、デート中にひとりにして」

「ううん！　ほーちゃんも、落ちた人も、無事で本当によかった」

汐の実家に向け、ハンドルを切る帆高は濡れ髪だ。

あのあと、クルーザーは遊覧を中止して埠頭へと引き返した。

いち早く船を降りた汐が、帆高のもとへ走ったことは言うまでもない。彼は、びしょ濡れの状態で人だかりの中にいて、落水した人――若い男性も一緒だった。

無事だとわかってはいたが、それでも、顔を見てやっと安心できた気がした。

「――それにしても」

汐は助手席から、運転席の帆高を斜めに覗き込む。

「着替え一式、車にあってよかったね」

「ああ。いつでもジムに立ち寄れるように、常に積んでるんだ。トレーニングウェアじゃ、格好がつかないけどな」

「そんなことない。似合ってるし、ほーちゃんは何を着てても格好いいよ！」

お世辞なんかじゃない。

スポーツウェアメーカーのロゴが胸にプリントされた白いTシャツは、薄手だからか、あちこちの筋肉の形を浮き彫りにしている。肩も二の腕も胸も、鍛え抜かれたさまが一目瞭然だ。

汐はもともとマッチョが好きなわけではないが、帆高の体は別格だ。

「しかしこれだけ海水臭いと、食事には寄れないな。髪も濡れたままだし、デートは今度、仕切り直しさせてほしい。本当にす――」

すまない、と言うのは目に見えていたので、先回りしてその口を右手で塞いだ。

「謝っちゃ駄目。せっかく人助けできたのに」

「……汐」

「それに、不謹慎かもしれないけど……ハラハラしたりはしたけど、ほーちゃんはやっぱりほーちゃんなんだなあって、わたし、嬉しかったの」

「嬉しい?」

「うん。誰かに手を差し伸べるとき、少しも躊躇しないところ。わたしが小学生の頃から、ちっとも変わってない」

そして救急隊員が到着したと同時に、さりげなく人の輪から抜けてきたのも、帆高らしいと思った。目立たず、己の行いを鼻にかけず、正しいと思うことだけをする。

これこそ、わたしが好きになった帆高だ——と痛感した。

そして、お陰で納得できたりもしたのだ。

彼の過去に汐が知らない恋があったとして、だからなんだと言うのか。

失恋がきっかけで汐のほうを振り向いてくれたのだとしても、たとえ、まだその相手を忘れられていないとしても、別にかまわないじゃないか。

帆高は、汐を選んだ。

ほかの誰でもなく、汐を選び、汐と結婚したのだ。

それだけで充分だろう。

(わたし、もう一度、頑張ってみよう)

帆高が、過去の恋をすっかり忘れてしまえるまで。

百パーセントこちらを向いてくれるまで、目いっぱい努力をする。そう、ただの片想いだったときのように、もっと好きになってもらえるよう頑張る。

今度こそ、絶対に諦めない。

「ほーちゃん、愛してる」

赤信号、車が停車すると同時にそう言って笑いかけると、帆高はぐっと顎を引く。

そして直進の車線にいるにもかかわらず、間違えて右にウィンカーを出した。すぐに戻そうとして、今度はワイパーを動かしてしまい、わたわたと焦る。

「ふふ。ほーちゃんだって疲れてるのに、本当にありがとう。わたしを気遣って、クルーズに連れてってくれて」

「……いや、疲れてはいない。俺も楽しかったよ、汐と過ごせて」

「そう？　あ、ねえ、ほーちゃん」

「なんだ」

「もしもまた溺れかけた人を見つけたとき、わたしは何をしたらいいのかな？　今日、わたしを含めて乗客のほとんどが、見ているしかできなかったでしょ？　だから、何かできることがあれば教えてほしいの」

帆高のように飛び込んで助けることは、きっとできない。それはわかっている。

でも、助けに向かった人をサポートすることはできたのではないか。

安全なところに居ながらでも、救助に加われたのではないか——もし何か手立てがあるのなら、覚えておきたいと汐は思った。

「落ち着くことだ、まずは」

「落ち着く？」

「そうだ。焦って冷静さを欠くのが一番いけない。それから声を上げて、近くにいる人に気付いてもらう。決して、ひとりで救助しようとしない」

「わかった。あとは？」

「溺者に対して、声を掛ける。浮いて待てと、とにかくもがくのをやめさせるんだ。あとは浮力のあるものを投げ与える。空のペットボトルでも、空気を入れたビニール袋でもいい。どんどん投げ入れて、ひとつでも掴ませる」

「そっか。それなら、わたしにもできる気がする！」

自宅前に着いたのは、三十分後だ。

帆高と過ごす時間はいつも楽しくて、溶けるようになくなってしまうから寂しい。

「改めまして、今日はありがとう、ほーちゃん。最高のデートだったよ」

運転席に小さく頭を下げると、帆高はふっと安堵したように肩から力を抜いた。

「お礼を言うのは俺のほうだ。結局いつも、汐に助けられてる」

「わたし、何もできなかったけど……」

「してくれたよ、充分。とんでもない日だったと言われても仕方がないのに、それでも楽しかったと、最高だったと言ってくれた」

「それは、だって、本当のことだし」

すると背後から車がやってくる。路肩に停まっている帆高の車を、邪魔そうに避けていく。早く車を降りたほうが良さそうだ。

「じゃあ、また連絡するねっ」

汐は急ぎ、シートベルトを外す。助手席から降りようと、ドアに手を掛ける。と、いきなり右肩を掴まれ、引き寄せられた。

「待って」

振り向くと、目の前にはこちらを真っ直ぐに見つめる瞳——心臓が止まりそうになる。

「次に連休を取るのは、余裕があるときにしてくれないか」

「あ、う、うん。わかった。でも、体調のことなら大丈夫だよ？」

「そうじゃない。体調も心配だが、それだけじゃないんだ。……俺は」

言い掛けた声が掠(かす)れていた。重なった視線を、剥がせなくなる。

みるみる近付いてくる顔。伏せられた瞼の、綺麗にばらけたまつ毛が、やけに色っぽくて汐は密かに息を呑む。こんなに明るいところで、いけない。

そう思うのに。

「俺は、もっともっと汐が欲しい」

「……っ、ほーちゃん」

「一晩中、離したくない。いや、一晩では足りない。きっと今度こそ、手加減できなくなる。だから」

キスを覚悟してぎゅっと目を閉じれば、帆高の唇はこめかみに押し当てられた。寸前でどうにか我慢した、といったふうに。五秒、十秒、名残惜しそうに擦り合わされる肌がくすぐったくて、クラクラして、感極まって涙が出そうになる。

は、と思わず息を漏らしたら、甘過ぎるくらい甘い海のにおいが鼻を掠めた。

6　魚心あれば水心

国際防衛フォーラムが都内某所で催されたのは、翌月の半ばだ。

太平洋地域の二十八か国及び、ＥＵ各国の代表者が出席した会合の様子は、緊迫するアジア情勢への国民の関心の高さを鑑(かんが)みてか、夜の報道番組でも取り上げられた。

「あっ、う、映った、ほーちゃんだ！」

汐はソファから腰を浮かせ、前のめりになる。

アナウンサーが原稿を読み上げる中、テレビ画面には会議用テーブル、プロジェクター、そして『ＪＡＰＡＮ』の札が置かれた席に座る帆高の様子が映る。

スタンドマイクに向かい、なにやら英語で述べている。

（うわ、うわうわうわ……っ）

肩の階級章と、左胸にずらりと並んだカラフルな徽章が存在感に重みを与えている。

白い制服姿を見るのは二度目だが、爽やかかつ厳かで、まさに海上自衛官らしい。

おお、と櫂も右隣で声を上げた。

「すげえ、帆高、司会進行役か？　でもあの堂々とした立ち姿、なんか日本の代表って感じゃん」

「うん……」

ニュースになるかもしれない、と帆高から連絡があったのは今朝だ。

本当に放映されるかどうかわからない、放映されても数秒だろうから期待しなくていいと言われたものの、映る可能性があるなら見逃したくなくて、汐は帰宅後、ずっとリビングのテレビに齧り付いていた。

そして普段、テレビを観ない汐がじっと画面の前にいれば、家族全員が気にする。

何事かと尋ねられ、理由を説明したところ、父、母、それから子供の寝かしつけを終えた櫂までもが実家のリビングに集まり、こうして一緒にニュースを観る流れになったというわけだ。

「帆高くん、ほんっとに凛々しいわぁ」

ソファの左隣に腰掛けた母は、マグカップを片手にため息をつく。

「自衛官っていうと、どうしても災害救助とか海外支援？　みたいな活動を思い浮かべちゃうけど、それだけじゃないのねえ。お母さん、こういう難しそうな会議は全部、政治家のお仕事だと思ってたわ」

「だな。父さんも、帆高くんはなんとなく、いつも海で訓練してる気がしてたな」

斜め前の席で呟く父を横目に、うん、と汐は頷く。

帆高が自衛官にならなければ、汐だって知らなかっただろう。

世界は地図で眺めるよりずっと広く、あらゆる思惑が複雑に絡み合い、常に絶妙な均衡のもとで成り立っている。

ほんの少し歯車が狂うだけで、ばらばらに砕けて元に戻らなくなることは推して知るべしだ。

そして世界中には、無用な歪みを均すべく、己の利益などかなぐり捨てて身を粉にする人たちがいる。

その一端に帆高が関わっていることを、心の底から誇りに思う。

（わたし、本当にすごい人と結婚したんだなぁ……）

汐が無意識に居住まいを正すと、画面はパッと切り替わった。

国際防衛フォーラムに関しての報道は終わりらしい。もっと観たかったのに、と残念に思う。

「さて、自分ちに戻るかな」

とは、伸びをした櫂の言葉だ。

「こういうのも、これで最後かもな」

「こういうのって？」

「一家団らん。汐、月末には実家、出るんだろ」

母と父が、寂しげに顔を見合わせる。

そう、ここ一か月の間に、帆高と汐は新居を決めた。月初には入居なので、荷造りをするなど、引っ越しの準備を少しずつ進めているところなのだ。

「新居は市ヶ谷の近くか？」

「うん。ほーちゃんのお父さまの伝手で、分譲賃貸のマンションを借りられることになったの。買っちゃうと異動のときに困るから、ひとまず賃貸のつもり」

「つーことは、帆高が地方に転勤のときは汐もついてくってことか」

「もちろんだよ。というかね、自衛官の転勤って近年、減らす方向になってるんだって。引っ越すとしても、以前みたいに遠方にはならないんじゃないかな」

「そうか」

頷いた櫂が、ポンと汐の頭に左手をのせた。わしゃわしゃっと、いたずらをするみたいに撫でられる。

「俺が、汐にとって暮らしやすい環境を作ってやれたらと思ってたんだけどな」

「え？」

「市役所に就職したこと。俺はさ、汐みたいに体の弱い子供たちの居場所を作ってやりたかったんだ。なかなか希望した青少年課には配属されねえけども」

初めて聞く話だった。

そういえばどうして櫂が市役所の職員を志したのか、尋ねたことはなかった。

「ま、勝てねえよな、帆高には。あいつ、国ごとおまえを守ってくれるんだもんな」

「お兄ちゃん……」

「大変なときは呼べよ。いつでも駆け付けるから」

「うん。ありがとう」

「俺は子供が生まれてからこっち、何回も汐に助けてもらった。今度は俺が助けになる。遠慮すんなよ。おまえを放っておいたら、嫁にも怒られるからな」

歳の離れたきょうだいで、櫂には赤ちゃんの頃から可愛がってもらった。

母が作ったアルバムには、汐を抱っこしたりおんぶしたりしてあやす櫂の写真がたくさん残されている。

きっといい父親になるだろうと思っていたから、櫂に子供が生まれたときは嬉しかった。

進んで姪や甥の面倒を見てきたのは、単純に可愛いからだけれど、櫂への恩返しのつもりでもあったのに。

「しーおっ」

と、今度は左から柔らかい腕が伸びてくる。母だ。

ぎゅうっと抱き締められて、体が傾く。

「結婚、おめでとう。今度は帆高くんと一緒に遊びにいらっしゃいね」

「……うん」

「くれぐれも体には気をつけなさい。私たちは、いつでも汐の味方だからな」

「お父さん……」

帆高との結婚が決まってからというもの、いつかは別れが来るとわかっていた。巣立つ前に、きちんとお礼を言わねばということも。

でも湿っぽい雰囲気になりそうで、できなかった。

「あ……ありがとう。お父さん、お母さん、お兄ちゃん。二十七年間、わたしの側にいてくれて」

どうにかこらえて告げた直後、櫂が右から覆い被さってきた。母とともに抱き締められ、しんみりした気持ちが加速する。

幼い頃から寝込みがちで、家族には山ほど心配をかけてきた。それでもいつも笑顔でいてくれた。そんな家族がいたからこそ、汐はめげずに前を向けたのだ。

すると、脳天にゴンっ、と鈍い衝撃が走る。

櫂が、顎を汐のつむじにのせたのだ。思わず低い呻き声が漏れる。

「いった……ぁ」

突然なんてことをするのか。雰囲気がぶち壊しではないか。

抗議しようと涙目で顔を上げたら、そこにはやはり泣きそうな顔があった。

「ちくしょー、寂しい。娘を嫁にやる気分だっ。いいか、汐。ちゃんと甘えろよ、帆高には」

「ん？　え、あ、うん」

その言葉の意味を汐が真に理解するのは、少し先の話だ。

翌朝、義姉と甥、姪が一緒に訪ねてきた。

汐ちゃん、これ、と義姉から紙袋を、そして甥姪からは可愛い犬のキャラクターが描かれた封筒をそれぞれ渡される。出勤前、部屋で中を見てみると、紙袋には桃色のエプロンとミトン、封筒には三人からの感謝の手紙が入っていた。

〈しおちゃん、だいすき。またおりょうり、おしえてね〉〈汐さん元気で、いつでも遊びに来て〉〈汐ちゃん、結婚式楽しみにしてるからね〉――。

楽しかった日々を思い出し、涙腺を緩ませながら汐は（そうだ）と思いつく。

このエプロンを持って、帆高に食事を作りに行くのはどうだろう。

前回のデートのときは、帆高が汐を元気づけてくれた。そのお返しがしたい。

国民のため、平和を守るために日々尽力している彼に、せめて精をつけてあげられたらいい。


「――お疲れさまでした！」

その日、汐は退勤直後にスーパーに飛び込んだ。

めぼしい食材を急ぎ買い込み、帆高のマンションへ。

家族には、今日は帆高の部屋に寄ってくる、と出勤前に伝えてきた。一泊はせず、一緒に食事だけしたら帰るつもりだ。

（うわぁ、合鍵、初めて使う……！）

マンションのエントランスにカードを翳すと、自動ドアがなめらかに開いた。緊張しながら、ちょこちょこと中に入る。エレベーターにはすでに別の住人が乗っていて、汐は会釈をしながらそこに乗り込んだ。

いつ来てもいいって言ってたよね、と脳内で言い訳してしまうのは、帆高には「お邪魔するね」と一方的にメッセージを送っただけだからだ。

エレベーターを降り、フロアを奥へ進む。再びカードキーを使って玄関ドアを解錠すると、室内は真っ暗だった。帆高の帰宅はまだ先らしい。

「お邪魔しまーす……」

照明のスイッチを入れ、スーパーの袋を抱えて奥へ進むと、室内には段ボールが点在していた。帆高も引っ越しの準備中なのだ。

疲れているはずだ。あんな重要な仕事と同時に、荷造りまで進めていたのだから。

(前にほーちゃんが美味しいって言ってくれたスパニッシュオムレツと、噂の簡易ドネルケバブと、温野菜のスチームと浅漬け、あとはお味噌汁と雑穀ご飯っ)

汐はパタパタとキッチンに向かい、食材を冷蔵庫に入れつつ例のエプロンを巻く。

「よし、っと」

しかし、帆高の部屋に調理器具はほとんどない。

かろうじてフライパンや包丁などがあるだけなので、汐は食材と一緒に購入してきた使い捨てのジッパーバッグをフル活用し、手際よく作業を進めた。

簡易ドネルケバブはクミンやコリアンダー、チリパウダーなどのスパイスが効いたタレに牛肉の薄切りを漬け込み、それを串に刺してグリルで焼くだけだ。

(ほーちゃん、喜んでくれるかな)

帆高が大きな口でもりもり平らげるさまを想像すると、口もとが緩む。

しかし、なんとなく、体が重い気がした。

頭がぼうっとして、味付けを間違えそうになる。

今日はレッスンがあったから、疲れが出てきたのかもしれない。でも大丈夫、だって帆高はもっと頑張っているのだから、と己に言い聞かせて力を振り絞る。

帆高が帰宅したのは、どうにか食卓が整った頃だ。

「お帰りなさい！」

玄関ドアが開くなり、駆けて行って出迎える。汐、と呆けた声で呼んだ帆高は、驚いているようだった。まさか、汐が自宅で待っているとは思わなかったという顔だ。

「あの、メッセージを送っておいたんだけど……」

「あ、ああ、いや、悪い。気付かなかった。どうした？　平日に訪ねてくるなんて、何かあったのか」

「ううん。あのね、ご飯を作ったの」

「ご飯？」

「うん、夕ご飯。一緒に食べよう？　そうしたらわたし、今日は帰るね。あ、送らなくていいよ。昨日フォーラム本番で疲れてるでしょ？　ニュース、観たよっ」

うっすらと頭痛を感じつつも笑顔で踵を返そうとすると、突然、右腕を掴まれる。

深刻そうな顔で、ぺたりと額に掌をあてがわれる。

「……いつからだ」

「え」

「熱がある」

いや、まさか。とは、心の中だけの呟きだ。確かに体は怠いし、頬もなんとなく熱い感じはするが、熱……正直、そこまで考えが及ばなかった。

すぐさま横抱きにされ、ベッドへと運ばれる。

「あっ、あの、大丈夫だよ、わたし」

「ちっとも大丈夫そうには見えない。目が真っ赤だ」

「えっ!?　そうだ、マスクしなきゃ。ほーちゃんにうつしたら、大事な任務に支障が出ちゃう」

「俺の心配をしている場合か。どうしてこんな無茶をしたんだ。ただでさえ引っ越し準備で忙しいのに、無理はするなと以前も言っておいただろう」

「それは……ほーちゃんが頑張ってる姿を観て、わたしも力になりたくて」

「俺を気遣ってくれるのは嬉しい。だが、これは違う」

ダブルベッドに下ろされると、やるせなさそうな瞳が一瞬だけ視界に映り込んで、
途端、猛烈な後悔が押し寄せてきた。ごめんなさいと詫びたが、声が掠れてしまって、
帆高の耳に届いたかどうかはわからない。

直後、帆高は申し訳なさそうに話し始めた。

夜分に申し訳ありません、今日は泊めます——汐の実家に電話をしているのだろう。

その後、帆高は食卓に用意されていた食事を、汐のぶんだけ枕もとへ運んできてくれたようだ。が、汐は朧げにしか覚えていない。熱の所為か、深い眠りに落ちていて、
呼び掛けられても浮上できなかった。

幸い、翌朝には体調は回復した。

流行性のものというより、疲れからくる熱だったのだろう。

「今日のところは大事をとって休め。職場でまた熱が上がらないとも限らない」

「でも」

「休むんだ。いいね？」

「……うん、わかった」

このくらい、いつものことなのに……とは思いつつも、すっかり迷惑を掛けてしまった身としては、頷くよりほかない。

電車で帰るのも駄目だ、と禁じられ、帆高の車で実家まで送り届けてもらう羽目になってしまった。

「汐」

帆高は言う。

ハンドルを握り正面を向いたまま、思い詰めたような声で。

「しばらく、会うのはやめよう」

「どうして……」

「合鍵も、もう使うな。安易な考えで渡してしまって、申し訳なかった。こんなことをさせたかったわけじゃないんだ」

汐のほうこそ、こんな心配をさせるつもりではなかった。ただ、何かしたかった。帆高が国民のために心を砕くなら、自分が帆高のために心を砕こうと——。

それだけだった。

寂しい気持ちで頷くと、フロントガラスから射し込んだ朝日が、膝の上をなめらかに流れて行った。

＊＊＊

汐を実家に送り届けた直後、帆高はふうっと息を吐く。

ハンドルを握る手が、じっとりと湿っている。

無理をさせないよう、極力寄り添おうと決めていたのに、なんというザマだ。もしも汐が帆高の部下ならば、帆高は上官失格に違いない。

合鍵の件もだが、フォーラムの様子がニュースに映るかもしれないという話も、汐には伝えなければよかった。

考えが、甘かった。

『俺が間違えてたんだ、全部』

耳に蘇るのは、友人の悲痛な声だ。

本来であれば笑顔の絶えない彼の名は、左吾郎。

紅林と並び、練習艦内で同室だった友人だ。

骨格からして体格に恵まれ、成績も優秀、仲間や上からの評価も上々で、帆高と並び将来を嘱望（しょくぼう）される幹部自衛官だった。

『なあ、帆高。妻ひとり守れない奴が、国を護ろうとか……笑えるだろ』

『そんなことを言うな。あんなに努力してきたじゃないか』

『それが愚かだったって言ってんだよ。志を高くしようとすればするほど、身近な人間にも重荷を背負わせていることに、俺は早く気付くべきだった』

泣き腫らした顔を、掻きむしるように拭う両手が震えていた。

あれは、彼の妻が亡くなって三日後——帆高が葬儀に参列したときのことだ。

それまでの左は、決して弱音を吐く人間ではなかった。防大出身で、人の上に立つものの責任やチームワークの大切さを身に染みてわかっている。艦内で発揮されるリーダーシップに、何度はっとさせられたかわからない。

仲間であり友でありながら、帆高は左の背中に憧憬を抱いてもいた。

それなのに。

『悪い。俺は自衛官を辞める』

『考え直せ。そんなこと、奥さんが望むと思うか』

『あいつが望むかどうかは関係ない。限界なんだ。あの日から、眠れない。動く気力もない。体力も筋力も、冷静に考える力までもがみるみる落ちてる。こんな俺じゃ、有事には役に立たないだろ』

『しばらく自宅療養すればいい。職域だっていくらでも――』

『戻れる保証もないのに、未練がましく居座るほうが辛いんだよ』

あの強い左が、よもやこんなふうに折れてしまうとは思いもしなかった。

いや――。

個人としての己をことごとく後回しにし、人生を幹部自衛官たることに捧げてきた左ゆえ、個人的な感情に引っ張られて身動きが取れない己を許せないのかもしれない。

『おまえはこんなふうになるな。上を目指すなら、結婚なんかするんじゃねぇぞ』

紅林も含め、同期たちで集まって何度も慰留を訴えた。上官たちもずいぶんと説得に力を注いだようだが、左は心身の不調を理由に間もなく隊を去っていった。

(考え過ぎだ。汐は、大丈夫だ)

進行性の病を患い、夫に言い出せず逝った左の妻と、汐は違う。汐は体力、免疫力ともに低いだけで、すぐさま命に関わる問題など抱えてはいない。

それでも不安になるのは――。

帆高にも、決定的に取り返しがつかなくなった経験があるからだ。

本音を聞けないうちに、亡くしてしまった。もう二度と、真意を問えない祖父。

加えて汐は、一度は諦めるしかなかった相手なのだ。奇跡のように舞い戻ってくれた彼女を、どうしたって失いたくないと思うのは当然ではないか。

一旦自宅マンションに戻り、車を置いて駅へ向かう。

余裕を持って出発したため、出勤には充分間に合う時間だ。しかしどこか急かされているような気分が、いつまでも消えなかった。

＊　＊　＊

それから半月間、汐は本当に帆高と顔を合わせなかった。

互いに、電話とメッセージで連絡を取り合うだけ。ふたりとも、揃って引っ越し準備が大詰めだったから、かえって都合がよかったかもしれない。

——汐がこの間気になると言っていたベッドサイドを、ネットで探してみた。サイズもちょうどいいと思う。注文しておこうか？

——うん、ありがとう！

——ほかに何かできることがあれば言ってほしい。

あんなに迷惑を掛けたのに、以前と態度が変わらない帆高は、流石に大人だ。

メッセージでも電話でも、何事もなかったかのように、ひときわ優しい言葉をくれる。

体調はその後どうだ、と気に掛けてもらうこともあって、汐は申し訳ないやら情けないやらで、身が縮みそうだった。

帆高に敗北宣言をした日を、否が応でも思い出す。

ちょっとしたことで体調を崩してしまう自分といても、帆高に利点はない。彼が崇高な夢を叶えるには、側にいるのが自分ではいけないと思い、身を引いた。

あのときと今の自分は、何が違う？

何も変わらないのに、結婚なんてしてしまってよかったの？

モヤモヤしたまま時間は過ぎて、あっという間に引っ越し当日――。

「汐、忘れ物はない？」

母にそう呼び掛けられ、汐は頷く。

「うん。確認したから大丈夫」

二十年以上暮らした部屋は、大型家具以外すっかり片付いてがらんとしている。床の四隅が見えることが、爽快でもあり寂しくもあった。

段ボールに詰めた荷物は、つい先ほど引っ越し業者のトラックに積み終わり、新居へ向かって運搬中だ。

「お母さん、手伝ってくれてありがとう。みんなによろしくね！」

パートを休んで見送ってくれた母に手を振り、実家をあとにする。

電車を乗り継いで四十分、最寄り駅から徒歩五分という好立地に建つマンションは、パーティールームやフィットネス施設を備えた高級物件だ。帆高の父の紹介でなければ、格安では借りられなかっただろう。

登録しておいたスマートロックでエントランスを抜け、エレベーターで七階へ上がる。フロアは、しんとしている。引っ越し業者は、まだ到着していないらしい。

吹き抜けに面した廊下を進めば、真新しい『浅茅』の表札が見えてくる。

「……ほーちゃん？」

恐る恐る玄関を開け、小声で呼び掛ける。

帆高は週末のうちに引っ越しを済ませ、数日早くここで生活をしている。今日は汐の引っ越しを手伝うために休みを取っているはずなのだが、出掛けているのだろうか。

（今日は、大丈夫だよね？）

念の為、己の額を触ってみる。

熱はない、と思う。怠さも頭痛もないし、なにより元気だ。

それでも不安になるのは、久々に顔を合わせるから、でもあった。

電話やメッセージでは、お互い以前と同じように接していたが、いざ目の前にしたらぎくしゃくしてしまわないか――想像すると、緊張する。

そうして廊下を進むと、何故だか、徐々に香辛料の香りがしてくる。

一番強いのはクミンだろうか。ニンニクや、シナモン、ナツメグも……と仔細予想がついてしまうのは、汐にインドカレー店の厨房にいた経験があるからだ。

突き当たりの部屋を覗くと、キッチンに帆高が立っている。

「え」

汐が声を漏らすのと、帆高が振り返るのは同時だった。

「もう着いたのか。悪い、気付かなかった」

「ううん！　チャイム鳴らさずに入ってきちゃったし。というか、それ」

汐は背中のリュックもそのままに、目をしばたたいて立ち尽くす。

広々としたカウンターキッチンには、袋のままの人参や玉ねぎ、じゃがいも、それから市販のカレールーに瓶入りのスパイス、トマトケチャップ、インスタントコーヒーの瓶までもが散乱している。フライパンの中身は、炒めた牛肉だろうか。

そして帆高は大きな体にちまっとエプロンをし、木べらで鍋を掻き混ぜている。

「カレーだ」

使っていないほうの手を腰に当て、胸を張る姿は自信満々だ。

「もうすぐ出来上がる」

「えと……、ほーちゃん、料理、する人だったっけ」

「いや、初心者だ。が、心配はいらない。給養員をしている仲間に連絡を取って、作り方とコツを教わった。いわゆる海自カレーというやつだ」

近づいてみれば、鍋や木べらは新品だ。帆高がひとり暮らししていた部屋には、調理用具などほとんどなかったから、帆高が用意したのだろう。

「……いい匂い。カレールー、わざわざ炒めてくれたりしたの？」

「ああ。そのように教わった。隠し味はこの、インスタントコーヒーらしい」

「えっ、コーヒー入れるの!?」

「汐は入れないのか？」

「うん。日本のカレーライスを突き詰めて考えたことはなくて……味見していい？」

湧き上がる料理人としての好奇心が抑えられない。

すぐさまソファ横にリュックを下ろし、キッチンへ戻ると、帆高がフライパンの牛肉を鍋に加えていた。

「完成だ。どうぞ」

差し出されたスプーンを口に運んで、目を見開いてしまう。

「美味しい！」

コクがあって、市販のルーで仕上げたとは思えない。最後に加えたからか、牛肉の旨みも活きている。

「海上自衛隊のカレーは美味しいって聞いたことあるけど、こんなふうなんだね」

「ああ。基地や艦艇によってレシピは違うらしいが、とくに潜水艦のカレーは美味いと聞いている。ずっと海の中にいると、娯楽は食事くらいしかないからな」

「へー！　食べ比べてみたいな、レシピ違いの海自カレー」

そうして汐は、ほわほわと湯気を上げる鍋を前にふと気付く。

なんのわだかまりもなく、帆高と話せていることに。

再会と同時にびっくりさせられて、緊張や不安が吹き飛んでしまった感じだ。

もしかして、それを狙って料理をしていてくれたのだろうか。帆高なら、ありうると思う。

「……あの、もうひと口、食べてもいい？」

「ああ。気に入ったか？」

「うん。――ん、ほんとに美味しい」

「そうか。週末から、毎日練習した甲斐があった」

またもや仰天させられて、汐は飛び退く。

「練習したの!? 毎日!? フォーラム本番もあったのに!?」

「ああ。なんたって、汐はその道のプロだろう」

「プロって、そんなにたいそうな人間じゃないよ、わたし」

「素人からすれば熟練だ。初心者のぶっつけ本番では、あまりに申し訳ない」

「そんな、気負わなくても……」

スプーンを持ったまま、汐は恐縮してしまう。

「わたし、料理を仕事にはしてるけど、いつも手の込んだものばかり食べてるわけじゃないの。インスタント麺もコンビニ弁当も、家庭のカレーだって大好き。だからほーちゃん、そこまで気を遣わないで」

忙しい帆高が自分のために、自分の与り知らぬところで時間を削っていたのだと思うと、身が縮みそうになる。そのぶん、少しでも休んでくれたらよかったのに。

そう言おうとすると、帆高は鍋に蓋を被せ、汐に向き直った。

「俺も同じだ」

「同じ……?」

「俺だって、そうだよ」

久々に正面から見上げた顔は、見惚れずにいられないほど精悍だ。

「汐から見た俺は、立派そうに見えるかもしれない。安全保障は国家に欠かせない重要事項だ。だが俺は俺だ。自衛官になったことで、格上げされたわけでも立派な別人になったわけでもない。平凡で、どこにでもいる、三十七の男だ」

「あ……」

「頼むから気負わないでくれ。平凡な俺のために、ない力まで振り絞ろうとしないでくれ。俺は汐に何かをしてもらうより、ただずっと側にいてほしいんだ」

優しく諭す声に、返す言葉はなかった。

帆高の言う通りだ。

自衛官としての帆高の立場や、志の高さ、背負っている責任の重さを知るにつけ、以前から知っていた本来の帆高より、自衛官としての帆高のほうに目が向いてしまっていた。

けれどプライベートの帆高は、ただの帆高だ。自衛官なのは、仕事中だけだ。

「ごめん、ほーちゃん……わたし」

いつから混同してしまっていたのだろう。

「いや。くれぐれも誤解しないでほしい。俺を助けようという、汐の気持ちがありがたくないわけじゃない。その心遣いは、嬉しいと思っている」

「……うん」

「それから俺のほうこそ、突き放すような真似をして悪かった。合鍵を使うななどと言って、悲しそうな顔をさせたな」

すまなそうに言ったあと、帆高は太い腕でふんわりと汐を抱き寄せた。

優しい体温に穏やかに包み込まれ、ああ、ほーちゃんだ、と実感する。

(やっぱりほーちゃんはわたしより何倍も大人で、人間ができてて、わたしにはいつまで経っても敵わない人だわ)

婚姻届を提出するときは、本当に自分でいいのかなんて腰が引けたりもしたけれど、今は帆高の側にいられることが嬉しくて、涙が滲む。

広い背中に腕を回し抱き返そうとすると、顎をスッと持ち上げられた。ほとんど真上を見る格好になったところで、帆高の顔が近づいてくる。

優しいキスを期待して、瞼を下ろしたときだ。

ポーンと、聞き慣れない音が室内に響いた。インターフォンの呼び出し音らしい。

帆高は顔を上げ、汐の頭越しに壁を見る。小さなモニターには、つい一時間ほど前、実家で見送った引っ越し業者の男性が映っていた。

すみません、渋滞に巻き込まれて遅くなりました——そうだ、引っ越しの真っ最中だった。

「どうぞ」

帆高はそう言って、エントランスの解錠ボタンに手を伸ばす。

我に返ったように腕を離されると、身体中がきゅうっと切なくなった。触れそうで触れなかった唇が、虚しくて寂しい。

「……ほーちゃん」

汐はうつむき、まだすぐ前にいる帆高のエプロンのポケットをつまんだ。

明日は有給を取っている。つまり連休だ。と言うのは帆高ももう知っていることで、わざわざ今、言うのもあからさまかな、と続きを躊躇う。

「汐？」

持て余す熱をどうにもできず、そのままじっとしていたら、察したように帆高が背中を丸めた。左の耳に唇を寄せられ、低く落とし込むように囁かれる。

「汐の体力が残っていたら、夜にな」

部屋のチャイムが鳴ったのは、直後だ。

玄関まで向かう帆高の背中を見送り、はあっと熱のこもった息を吐く。

誘われただけ。キスもしていないのに、こんなに全身が火照るなんて……。

その晩、汐は久々に帆高の腕の中で過ごした。

汐から誘ったのだから遠慮なんていらないのに、帆高の手はいつにも増して壊れものを扱うようで、焦れったいくらいに優しくて――。

あっけなく溺れた汐は、引っ越し作業で体力の限界だったのだろう、帆高と繋がった直後に、意識を手放してしまった。

7　くらげの風向かい

「──というわけで、再来月からのレッスンは全六回、年間計画通りデザートです」

　週明けは、朝からミーティングの日だった。

　汐を中心とするチームは、アシスタントがひとり、パート勤務の補佐がふたり、そしてデジタルアシスタントのさくらという五人のメンバーで構成されている。アシスタント以外は別のいくつかのチームにも参加する、兼任だ。

　何月から全何回のレッスンを開催──という年間計画はすでに出来上がっているから、今は追って詳細を決めている段階なのだ。

「汐先輩お得意のアジア系デザートですか？」

　とは、円形のテーブルの向かいに座ったさくらの質問だ。

「ううん。それは前回やったから、今回は巻いて食べるデザート、って縛りにしようと思ってて」

「クレープみたいなやつっすか」

「そう。くるくる巻いた形って、それだけでたたずまいが可愛いけど、断面にも楽しさがあるでしょ？　ライスペーパーとか、ガレットとか、パイ生地もいいよね。変わり種でぎゅうひ、春巻きの皮、どら焼きの生地、それとワッフル」

「韓国ワッフルですね。あー、チーズ入れたらSNS映えしそう。バズりそう」

いいですねいいですね、と盛り上がる四人を前に、汐はチーズ、とメモを取る。

（自宅用の買い物メモも作っておかなきゃ。牛乳と、あと卵も買ったら重いかな）

引っ越しから一週間が経過して、汐は新居でも料理をするようになった。

昼食は、帆高が社食、汐はレッスンのための試作を食べている。なので、必要なのは朝食と夕食のぶんの材料だけだ。それなのに、買っても買ってもすぐになくなってしまう。

実家の母が、いかにまめに買い出しに行ってくれていたのか。

新生活は、初めて知ることの連続だ。

「そういえば汐先生、新婚生活どうですか？」

すると、アシスタントの女性からそう水を向けられる。

「先週、新居にお引っ越しなさったんですよね」

「うん。まだ慣れなくて、乗り換えの駅で降りるのを忘れそうになっちゃう」

「あー、わかります。引っ越しあるあるですよね。いいなあ、新婚。そういえば汐先生の旦那さま、自衛官だって噂で聞いたんですけど、本当ですか？」

「あ、そう、海上自衛官なの。今、市ヶ谷に勤めてて」

「市ヶ谷って、エリートじゃないですか！　どこで出会うんですか？　普通に暮らしてたら、なかなか自衛官と知り合う機会ないですよね。あ、お見合いですか」

「ううん！　お……夫、は、兄の高校時代の友人でね」

慣れない呼び方に、照れる。

事実なのに、背伸びをしているみたいだ。あるいは普段着ない上品な服を着ているような――そのうち慣れるのだろうか。

そわそわしている汐に、パートの女性がほっとした様子で言う。

「旦那さまが自衛官なら安心ですね、汐先生」

「安心？」

「はい。わたし、昨日駅で見た気がするんです。気がする、だけで違うかもしれないし、そっくりなだけっていう可能性もあるんですけど、一年前の――」

そこで、ミーティングルームに事務員がやってくる。

お電話です、と呼ばれたのは、まさに今、汐と話していたパートの女性だった。保育園からですよ、との言葉に飛び上がり、ぺこっとお辞儀をしたあと、駆け足で廊下へ出ていく。

「……お子さん、お熱ですかね」

さくらの呟きに、もうひとりのパートの女性が震えた。

「他人事じゃないですよ。今、子供たちの間で蔓延してるんです、咳の風邪」

「えっ」と思わず声が出た。

「大人は重症化しないって言いますけど、子供が罹ると親も高確率で罹るから困るんです。あ、汐先生は通勤中とか、気を付けたほうがいいかもです」

「うん、ありがとう。マスクするね！」

しばらく、油断しないようにしよう。

食事も今まで以上にバランスに気をつけようと、胸の内で気合いを入れていたら、アシスタントが「旦那さんのためにも、ですね」と意味深な笑みを浮かべて言った。

「せっかく新婚なのに汐先生が寝込んだら、旦那さん、持て余しちゃいますもんね」

「ん？　持て余す……？」

「ほら、だって自衛官って、サバイバル能力高そうじゃないですか。必然的に、生命力強そうっていうか、繁殖力ありそうっていうか。夜、凄そう」

付け足された最後の言葉で、汐は咽せ込みそうになる。なるほど、そういう意味だったのか。

確かに帆高はサバイバル能力が高いし、体力だってある。でも、夜うんぬんに関しては、帆高以外に男性経験のない汐には、そもそも基準がわからない。

（凄い……って、具体的に、どういうこと？）

ひと晩に何度も、という意味なら明らかに違うのだが。

引っ越し当日に寝落ちしてしまってからというもの、汐はまだ帆高と、夫婦の営みを完遂できていない。途中までなら毎晩のようにしているのだけれど、同居以来、本当の意味で抱かれたことはなかったりするのだ。

引っ越しの疲れが、まだ残っているとでも思われているのだろう。帆高は決まって、寝室の照明を消してから汐に触れる。

そして、まるでゆりかごを揺らすように慎重に、丁寧に、汐が眠るまで優しく感じさせてくれる。昨夜だって、あっという間に昇り詰めて、帆高にしがみついたまま眠りに落ちた。

気持ちいいことは、いい。溶けそうになるくらい、いい。でも。

「はいはい、雑談はそのくらいで！」

さくらが割り込む。そうだ、仕事中だった。慌てて居住まいを正し、口を開く。

「でっ、では、ミーティングはここまでにします。明日はレッスンがあるので、機材の点検と材料の発注確認を忘れずにお願いします」

はあい、とチームメンバーの返答が揃った。


週末になると、汐は帆高の運転で食品の買い出しに向かった。

毎日、ちょこちょこと汐が食材を買って帰るので、帆高は見兼ねたのだろう。

帆高の車で、一週間ぶんの食材……特に液体など重いものを買い溜めしておこうという作戦だ。

洗剤なども必要だったので、ふたりが選んだのは倉庫型の量販店だった。

「へえ、すごいな」

帆高は新鮮そうに目を丸くして、店内を覗き込む。

「噂には聞いていたが、やってきたのは初めてだ」

身長の何倍もある高さの棚に、所狭しと商品が並んでいる。生鮮食品、冷凍品、衣料品に日用品、おもちゃに家電製品……果てはガーデニング用品まである。

汐は念の為、歩きながらマスクを着けた。

「汐はよく来るのか？」

「うん、わたしは会員になってるの。珍しい輸入食品もたくさん見られるし、仕事でも使うんだ。このなんでも置いてある感じ、ワクワクしちゃうよね！」

ショッピングカートを一台出そうとすると、帆高がスッと片手で引っ張り出してくれる。汐には大きすぎる代物だが、帆高にはジャストサイズといった感じだ。

「まずは掃除用具からだな。売り場はどこだ？」

「一番奥だったと思う。せっかくだから、入口から順に見ようよ」

同居を始めて十日ほど経って、最近は自然と家事の分担ができつつある。

汐は料理。そして帆高は掃除全般と洗濯。

それでは帆高のほうが負担が大きいのではと汐は思ったのだが、なにしろ帆高は手際がいい。幹部候補生学校時代に厳しく教えられたらしく、アイロン掛けや床掃除など汐よりずっと上手い。

「これは……業務用と書いてあるが。家庭で使うのは重くて大変じゃないか」

掃除用具売り場に辿り着くと、帆高は唸った。

視線の先には、容量五リットル越えの洗濯洗剤タンクが山と積まれている。

「ふふ、それは普段使い用のボトルに移して使うの」

「ああ、なるほど。詰め替え用にするんだな」

「うん。ここで買うものはたいがい、小分けにして使うんだ。洗剤だけじゃなくて、食品も。油断すると冷凍庫がいっぱいになっちゃうんだけど、どうやったら美味しいうちに食べ切れるか、考えながら消費するのが楽しいの！」

斜め上に笑い掛けると、帆高は両肩の僧帽筋をわずかに揺らした。

しばたたかれる瞳は、まるで予想以上のものを目にしたかのよう。直後、ふーっ、と長く息を吐く仕草は、懸命に落ち着こうとしているみたいに見えた。

「ほーちゃん？」

「……あと三秒くれ」

「？　う、うん」

立ちくらみとかだろうか。貧血なら、ほうれん草とかレバーとか、鉄分が摂れそうな食材も買って帰らねばと汐は思う。

そこに、山になったカートを押しながら老夫婦がやってくる。

これだ、あったあった、と橙色の大きな洗剤タンクを翁が掴めば、帆高がさりげなく「お手伝いします」と手を差し伸べた。

「おお、すまない。助かるよ」

「いえ」

損得抜きで目の前の人を助けられる大きな背中が、ひときわ頼もしい。

しかし帆高は続けて「レジまで持って行きましょうか」と提案し、直後にハッと汐を振り返った。

デート中にもかかわらず、またもや妻を置き去りにしてしまいかねないということに気付いたのだろう。

「わたしも一緒に行くよ！」

そう言って、レジの方角を指差した。

四人で連れ立って店内を行く間、老女から「素敵ねえ」と小声で言われる。力持ちで、ハンサムで、優しくて自慢の旦那さんね、と。

（そうなんです、全方位自慢の夫なんです）

自分を褒められるより嬉しい。

特大の洗剤は、店員が車に積み込んでくれるらしい。頭を下げ下げ去っていく老夫婦を見送り、もといた場所へ引き返す。

「悪い、余計に歩かせたな」

「ううん！　なんか、いいなあって思っちゃった。ああいうの」

「どういうことだ？」

「おじいちゃんとおばあちゃんになっても、ずっと仲良しでいたいなあ、って」

歩きながら、体の右をぴたっと帆高に寄せれば「そうだな」と優しい声がつむじに降りてくる。

ささやかな吐息を感じるだけで、体の芯がじんわりと熱くなった。

今夜こそするのかな、とぼんやり考えて、はっと我に返る。昼間から何を考えているのだろう。恥ずかしい。

これでは飢えているみたいだ。いや、確かに汐は飢えているのだ――帆高に。

（大事にしてくれてるのはわかる。わかるんだけど……）

手加減できそうにない、と言っていた帆高はどこへ行ってしまったのだろう。

柔軟剤に洗濯用洗剤、食器用洗剤をカートに乗せると、次に目指すはいよいよ食品売り場だ。新鮮な果物や野菜、パンにケーキ……何度見ても胸がときめく。

「わたしのおすすめはこのクロワッサン！」

「これもまた、やたらと大きいな」

「この大きさがいいの。このまま食べても美味しいけど、スリットを入れてクロワッサンサンドにしたり、グラニュー糖をかけてカリッと焼いて、カスタードを詰めてクロワッサンブリュレにしたりしても最高なの」

「ブリュ……？」

「うん。とにかく、これひとパックで無限に楽しめちゃうの。ほーちゃんは、何食べたい？　大容量で買うなら、どんなものがいい？」

カートにクロワッサンを入れつつ聞くと、帆高は唸って「酒類だな」と言った。

「日持ちするし、いくらあっても困らない」

「ほーちゃん、お酒好きなんだね」

「ああ」

知らなかった。

汐と一緒にいるときに帆高は滅多に呑まないし、呑んでも嗜(たしな)む程度だから、気にしたことがなかった。

「どんなのを呑むの？」

「特に好きなのはスコッチだ」

「じゃあ買って帰ろうよ。ええと、お酒のコーナーはどこだっけ……あ！」

会話の途中で声を上げてしまったのは、試食コーナーを見つけたからだ。

欲しいけれど買い切れないものを、味見できるのは嬉しい。あの小さな試食用のトレーに盛られた、ちょこっと、の量も絶妙で大好きだ。

すぐに並ぼう、いや、今日は帆高が一緒なのだった。

がっついたところを見せるのは恥ずかしいし、幻滅されたくないし、だけどあれ絶対に美味しいし……とカートの横で忙しく行ったり来たりしていると、ふ、とすぐ近くで噴き出す声がする。

「いいよ、行こうか試食」

見れば、帆高が肩を揺すって笑っている。

形のいい唇からは綺麗に並んだ前歯が覗いていて、驚きのあまり、つい二度見してしまった。

（ほーちゃんが、笑ってる……！）

これまでも、まったく笑わなかったわけじゃない。口角を上げることはたまにあるし、かすかに噴き出したかな、と感じることは稀にあった。

でも、こんなふうに可笑しくてたまらないというふうに笑っている姿は初めてだ。

――素敵過ぎるよ。

軽く屈めた厚みのある体も、ゆったりと組んだ両腕も、それをカートの持ち手に預けている様にまで貫禄と余裕があって、漂う色気にどきどきしてしまう。

「どうした？　並ばないのか」

「えっ、う、うんっ」

直後に口にした試食の苺ケーキは、美味しいけれど少し酸っぱく感じた。添えられた生クリームよりも、帆高の笑顔のほうが何十倍、何百倍も甘かったから。

（わたしばかり夢中にさせられてる気がする……）

はあ、と密かに甘い吐息を溢した汐は、ふと、背中に視線を感じて振り返る。誰かにじっと見られていたような——だが、それらしい者は周囲に見当たらない。

店内には大人も子供も大勢いて、みな、商品棚のほうに注目している。誰も、汐のことなど気に留めていない。

「汐？」

「ごめんなさい、なんでもない」

気の所為だろう。きっとそうだ。

ほどなくして別の売り場に移動した汐だったが、背中に感じた視線がべっとりと、いつまでも貼り付いているように感じられて、なんとなく居心地が悪かった。

フードコートも満喫し、帰宅すると日暮れだった。

早速キッチンで、購入してきた食材を一回ぶんずつ分けていく。パンはひとつひとつラップで包み、日付を記したシッパーバッグに入れて、冷凍庫に収納する。

(プルコギ肉を買えたから、今夜はキンパでも作ろうかな)

レタスと人参、ほうれん草もたっぷり入れてヘルシーに、と考えて楽しくなっていると、洗面所からガタン！　と何かが倒れる音がした。慌てて駆け付けてみれば、帆高が大きな洗濯洗剤タンクを片手に、茫然としている。

「どうしたの？」

「すまない、失敗した……」

見れば洗面台には、倒れた洗濯洗剤のボトルがある。そして帆高の右脚の膝から下、デニムには濡れたようなすじができていた。

うっかり零してしまったのだろう。

「珍しいね、ほーちゃんの手もとが狂うなんて」

「汐のことを考えて、ぼうっとしていたからな」

「わたしのことを考えると、手もとが狂うの？」

「ああ。手もとだけで済めばいいほうだ」

どう解釈したらいいのか。

いや、とりあえず。

「デニム、そのまま洗っちゃわない？　ほーちゃんは脱いだついでにシャワーを浴びちゃったら、一石二鳥だと思う」

「なるほど、そうしよう」

「着替え、用意しておくね！」

シャツを脱ぎ始める帆高を置いて、汐は隣室に着替えを取りに行った。

帆高のクロゼットを開いた途端、衣装ケースの上に置かれていたアルバムが雪崩を起こしてばさばさと床に落ちる。やってしまった——でも、拾うのはあとだ。

引き出しから下着と部屋着を取り出し、洗面所へ持っていく。帆高はすでにバスルームの中にいて、シャワーのお湯が床を打ち始めるところだった。

汐はキッチンへ戻ろうとしたものの、やはり振り返った。

さあさあと、雨のような水音が漏れ聞こえている。扉に嵌め込まれた半透明の樹脂には、帆高のシルエットがぼんやりと見える。

「……あの、ほーちゃん」

呼ぶと、すぐに「どうした」と返答があった。

「そっち、行ってもいいかな……？」

「うん？　すまない、よく聞こえなかった。もう一度言ってもらってもいいか」

気遣わしげな声が、湿ったバスルームで反響する。思わず、はっとした。いきなり何を言っているのだろう。

なんでもない、と汐は返答しようとしたが、それもやはりやめた。なんでもなくなんて、ない。

無言のまま、震えそうな指でワンピースの前ボタンを外す。ぱさぱさと、下着まですべてその場に脱ぎ捨てて、バスルームの扉に手を掛ける。

恥ずかしい。それでも。

真下を見るほどうつむき、瞼をぎゅっと閉じる。思い切って扉の取っ手を引けば、湿気を含んだほんのり温かい空気がふわっと流れ出してきた。

「な、何を……」

焦ったような声。それはそうだ。

汐はあらわになった身体を、覆い隠すものを何も着けていない。形のいい丸いバストも、女性らしい丸みを帯びたヒップも、丸出しの状態だ。

「一緒に……シャワーを浴びたいの。駄目……かな」

大胆過ぎる。そんなことはわかっている。けれど。

（ほーちゃんに触れられるのは好きだけど、それだけでも嬉しいけど、でも……）

もしも帆高に我慢させているのなら、そんなのは嫌だと思う。だって汐が帆高と結婚したのは、真綿に包むように大事にされたいからじゃない。

ふたりで幸せにならなければ、意味がない。

「駄目では、ないが」

「じゃあ、わたしのこと、洗ってくれる……？」

濡れた床を踏み締め、帆高のすぐ前へ行く。

ざ、と頭上から降り掛かるシャワーがいつもより熱い。帆高の視線がくすぐったい。

心臓と頭が同時に破裂しそう——それでも恐る恐る、彼を見上げる。

途端、傘を差し掛けられたみたいに顔の周辺だけお湯の勢いが消えた。真上から覆い被さるような格好で、唇を奪われたからだ。

「う、ん……っ」

急いたように入り込んでくる舌は、雨の味がする。

唇の隙間から染みてくるシャワーの所為に違いない。

幼い日、ランドセルの重みに耐えながら泣きべそをかいたことを思い出す。

初めて帆高と言葉を交わしたあの雨の日、どうして想像できただろう。鍛え上げられた腕に縋り、容赦なくその情炎に焦がされたいと願うときが来るなんて。

は、と甘い吐息が口の端から零れ落ちていく。後頭部に手を添えられ、唇を少し離されると、全身がすっかり火照っていた。

焦点が合わないほど近くに顔を寄せたまま、帆高は言う。

「……いいのか。止められなくなるぞ」

それこそ本望だったから、汐は帆高を見つめたままコクンと頷いた。

再び下りてきた唇は、ゾクゾクするほど熱かった。

そうして息もできないほど深い口づけを繰り返しながら、帆高は汐の全身を泡だらけにする。

とろとろと身体中を撫で回され、洗われる。くすぐったくて気持ちよくて、あっという間に立っていられなくなった。膝がカクンと折れれば、抱き上げられ、タオルに包まれて寝室へ運ばれる。

ベッドの上、いつものような穏やかな官能を与えてくれる帆高はいない。

情熱をぶつけるような激しい愛撫の嵐に、どれくらい身悶えさせられただろう。

「力を抜いて。今すぐ、奥まで行きたい」

「え、あ……っあ！」

「そう、そのまま、俺を丸ごと受け入れてくれ」

容赦なく貫かれれば、汐は思わず感極まって泣いてしまった。帆高が中にいる——繋がっている。嬉しい。やっと、やっとひとつになれた。

（ほーちゃん、ほーちゃん……っ）

一時間、二時間、帆高は激しさを失わなかった。

大きく弾けて意識を手放そうとしても、誘うようなキスで引き戻される。感じても感じても、さらに感じるように追い立てられる。

「火を点けたのは、汐だ。責任を持って、最後まで付き合ってもらう」

「っん……最後……って」

「俺が満足するまでだ」

怒涛のような快感の連続に、敏感になりすぎた体はもう、自分のものではないみたいだ。喘ぎ過ぎて声が嗄れそうになると、口移しで水を与えられる。そのまま、口内中を浚うキスになる。

「んん、ふ」

気持ちいい、でもこれ以上したら、壊れてしまう。

さりげなくシーツにしがみついて逃げようとしたが、やんわりとその手をほどかれ、わずかばかり引いた腰もぴったりと繋ぎ直された。

「ほー、ちゃ……っ、もう、深いのは……っ」

「すまない。まだ、離してやれない」

「あ、あ」

「汐、汐、汐——」

最後はなすがまま、酩酊したような状態で揺さぶられ、高い声を垂れ流すだけだった。避妊具の小袋が、一体いくつ封切られたのか——。

荒い息がひっきりなしに降り注ぐ中、汐は幸せな時間を存分に堪能したのだった。


ふと目を覚ますと、深夜だった。

帆高の腕の中で満足し、そのまま寝てしまったのだろう。喉は渇いたし、お腹も減った……とそこで、食材を小分けにしている途中だったと思い出す。

（いけない、お肉、悪くなっちゃう！）

気持ちよさそうに寝息を立てている帆高を残し、ベッドを降りる。急いで部屋着のショートパンツとパーカーを着て、キッチンへ行く。

すると小分け中だった食材は、残らず冷蔵庫に仕舞われていた。

汐が気付かないうちに帆高が起き出し、片付けてくれたのだろう。

――ほーちゃんって、いつ頃こんな気遣いを身に付けたんだろう。

初めて会ったときには、すでにこうだった。余ったから、と分けてくれていたおやつが、わざわざ汐のぶんとして用意されたものだったことを、知ったのは高校生の頃だ。櫂がポロリと、思い出したように言ったのだ。当時帆高から聞かれたんだよな、汐にアレルギーはないか、好き嫌いはないか、甘いものは好きかって――細やかすぎる。

（ほーちゃん、起きてくるかな。お夕飯、食べそびれちゃったな……）

それから汐はソファへ座ろうとして、ふと思い出す。

そういえば帆高のクロゼットの中のアルバムを、雪崩させてしまったのだった。そのままにしておけば、ページに変なクセがついてしまうかもしれない。すぐに直そう。

寝室へ行き、音を立てないよう、そうっとクロゼットの扉を開く。

床に落ちているアルバムは、四冊、五冊――。

見てみたいけれど、勝手に見るのは気が引ける。夜が明けてからお願いしてみようか……と考えながら拾い上げたら、ひらり、一枚の写真が足もとに落ちた。

「あ」

しゃがみ込み、手を伸ばした汐はしかし動きを止める。

扉の隙間から射し込む廊下の照明に細く照らされ、浮かび上がっていたのは海自迷彩を身につけた三人の男性だった。うち、二人には見覚えがある。

帆高と、そして以前、街で出くわした紅林だ。

そして彼らに囲まれ、白いワンピース姿の女性がひとり写っている。真ん中分けの長い黒髪が似合う、目鼻立ちのはっきりしたヘルシーな美人だ。

彼女の右側には見知らぬ男と紅林、左には帆高。

気の所為か、女性はもう一方の男性よりも帆高に近い位置にいる。

(まさか、この人が……)

浮かんだ二文字の名前を頭を振って掻き消す。ううん、考え過ぎだ。

勝手に決めつけたらいけない。彼女は、ここに写っている誰かの家族という可能性もある。自衛官が全員、制服姿で写っているなんて、よほど親しいのだろうから。

すると裏を返せば――。

写真の女性が本当に帆高の恋人だった場合、仲間たちが揃って認める相手だったということになりはしないか。

汐は、結婚したにもかかわらず、まだ友人ひとりにしか紹介されていないのに？

いや、駄目だ。卑屈になったっていいことはひとつもない。

後ろ向きな思考を遮断するため、汐はすぐさま写真をアルバムに挟む。ほかのアルバムの上にそれを重ね、クロゼットの扉を閉める。

「……汐？」

そこで帆高は目を覚ましたらしい。呼ばれるまま、汐は帆高の腕の中に戻った。

心地いいぬくもりに寄り添い、目を閉じる。追い立てられているような気分は、やがて心地いい体温と眠りに溶けていった。

8　流れる水は腐らず

忘れられない恋なら、忘れさせてみせると以前、誓ったはずだ。

「ほーちゃん、今日は贅沢に宅飲みランチしちゃおう！」

翌日曜日、汐は朝食後からせっせと下拵えを開始し、正午にはテーブルの上をいっぱいにした。帆高のため、自分ができることといえばやはり料理だ。材料は調達してきたばかりだから、タイミングもいい。

体は大丈夫か、昨夜は無理をさせただろう、と帆高は心配そうだったが、わざわざ外に食事に行くくらいなら、自宅にいたほうがよほど休まる。

（そうだ！　実家から持ってきた、波佐見焼の豆皿を使おうっと）

汐がキッチンにいる間、帆高は部屋中、端から端まできっちりと自衛隊仕込みの掃除をした。それでも余った時間は、寝室で筋トレをしていたようだ。

「すごいな。パンまで一から焼いたのか。入っているのは、レーズン？」

着席するのも忘れて、帆高は食卓の前で目を丸くする。

「うん。これは発酵がいらないタイプの比較的簡単なパンでね、バノックっていうの。

こっちは半熟卵のスコッチエッグ、ポテトスコーン、それから羊肉の入ったブロスっていうスープ。どれも、スコットランド料理だよ」

「スコットランド……スコッチに合わせてくれたのか」

「そうだよ。前に買ったレシピ本に載ってたの。ついでにスモークサーモンとチーズのサラダと、フィッシュ&チップスも作っちゃった。さ、座って座って」

帆高がスコッチウィスキーを炭酸水で割っている間、汐は取り皿に料理を盛り付けていった。

スコッチエッグとポテトスコーンは一切れずつ、フィッシュ&チップスには自家製のタルタルソース。それからバノックを切り分け、例の豆皿にのせたバターを差し出すと、帆高は「ああ」と気付いた顔をした。

「懐かしいな。佐世保で買った皿か」

「うん！　ずっと実家で使ってたんだけど、引っ越しのときに持ってきたの」

「大事にしてくれてたんだな。あのときはまさか、こうして一緒に使う日が来るとは思わなかった」

そう言いながら、帆高は「どうぞ」とハイボールを差し出してくる。

「しかし、五枚あると二枚を夫婦で使って、三枚余るな」

「うん。でも、二枚ずつ使うのもアリじゃない？」

「ああ、それもいいが、三人増えても大丈夫だな、と。まだ先の話だろうが」

「増える……？」

言いながら、言葉の意味を遅れて察して、顔面がかあっと熱くなる。

子供だ。三人いてもいいと、帆高は言っているのだ。とはいえ、帆高は避妊を忘れたことがない。だからすぐには、授かりようがなかったりする。

（まだ先って、いつ？　具体的に何年後とか、考えてるのかな、ほーちゃん……）

受け取ったグラスを見つめていると、縁にコツンとグラスを重ねられた。

「乾杯」と言って、帆高はそれをぐいっと半分ほど呷(あお)る。嚥下する音が小気味よく、喉仏が動く様子には、何度見てもどきっとさせられてしまう。

「じゃあ早速、スコッチエッグを――うん、美味い」

「本当!?　よかった！」

「これならいくらでも食べられそうだ。もしかしてソース類は全部汐が作ったのか」

「うん。材料を全部ブレンダーで攪拌(かくはん)するだけだから、そんなに難しくないよ？」

「……素人の感覚では、まずブレンダーなるものを手にすることに高いハードルを感じるんだが」

宅飲みランチは大成功だった。

帆高は美味い美味いと料理を平らげ、酔いも手伝ってたくさん話をしてくれた。

数年おきに入る教育機関の話。海外派遣の話。英語は得意だと思っていたのに、訛りが混じるとちっとも聞き取れなくて困ったとか、海水のお風呂に入ったとか。

汐からも、今の職場に勤め始めたばかりの頃の話をした。生徒が増えるまでは試行錯誤の連続で、実は何度か挫けそうになった、と。

「そうか。頑張ったんだな」

「うーん、そんなに大袈裟な話でもないんだけどねっ」

「前向きだな、汐は。思えば俺は、汐のそういう性格に何度も助けられてきた」

「助けたっけ……？」

「訓練で行き詰まったとき、よく思い出したよ。幼かった汐が、家族を思って強くあろうとする姿を。あんなに小さくて十も年下の少女が立ち向かうのに、俺が立ち向かえないわけがないだろう？」

正面からそんなふうに言われると、どんな顔をしたらいいのかわからなくなる。

離れていても、汐の知らないところで、帆高に思われている瞬間があった。たとえそれが恋愛感情からではなかったとしても、嬉しいし、照れる。

けれど、これでは本末転倒な気がする。帆高の気持ちを引きたくて腕によりをかけたのに、こちらのほうがどきどきさせられてしまうなんて。

「ほーちゃん、ずるい……っく」

ぼやいたら、語尾をしゃくり上げてしまった。

「大丈夫か？　水飲むか？」

「ううん、平気……っきゅ、まだ、ハイボールがあるから……きゅっ、うう、ごめん、なんでこんなにいい雰囲気の、きゅっ、ときに、しゃっくり……きゅっ」

止まらない。

恥ずかしい。

いたたまれなくてハイボールをごくごく呑んだら、帆高がゆるゆると前に屈むようにしてテーブルに突っ伏した。ごん、と天板に額を打ち付ける。

「えっ!?　ほー、きゅっ、ちゃん、どうしたのっ」

「……しゃっくりが、きゅっ、て……どうなってるんだ」

かわいい、と帆高は震え声で言う。

「汐ほど可愛い生き物、ほかに見たことがない」

なんとなく、ハムスター的扱いのような気がしないでもないが、それでも、ほかならぬ帆高に可愛いと言われれば嬉しい。

「あ、ありがきゅっ」

「クッ……くく……っ、あ、ありがきゅ……っ、あはは、一生聞いていられるな」

「ううう、一生は、やだきゅっ」

一生は嫌だが、帆高が笑ってくれるならそれもありかもしれない。

（ほーちゃんの笑顔、やっぱりすてき……）

見惚れていると、帆高が立ち上がって水を汲んで来てくれた。

氷入りの冷水だ。お礼を言って、グラスを受け取る。

すぐに口をつけようとしたが、スッと顔の前に手を翳されて阻まれた。その手で顎を、掬うように持ち上げられる。

「まずは、こっちだ」

え、と発しかけた唇を、塞がれる。突然のキスに驚いている間に、舌を搦め捕られ、吸い出される。それだけならいつもと同じなのだが、吸い出された舌はなかなか返してもらえなかった。徐々に、息が上がってくる。苦しい——。

と、いきなりふっと唇が離れる。

「っは……」

「どうだ?」

問われて、汐は目をしばたたいた。

おかしい。しゃっくりがぱたっと止まっている。

「え、なんで」

「舌、引っ張ると止まるらしい。そう以前、聞いたことがある」

知らなかった。

ポカンとしている汐にかすかに微笑みかけ、帆高はもう一度、今度は軽く重ねるだけの口づけをする。優しい弾力にうっとりと酔いながら、汐は目の前の幸せを噛み締めた。


早退したパートの女性から電話があったのは、翌週明けの朝だった。

『やっぱり私も感染っちゃってました……熱まではないんですけど、すみません』

「えっ、大丈夫? 何か必要なものがあれば、退勤後にお届けするよ!」

『お気遣いありがとうございます。旦那が買ってきてくれるので、ご心配なく』

「そっか。こっちのことは気にしないで、ゆっくり休んでね」

『ゲホッ、汐先生も気をつけてくださいね』

体調不良で欠勤するという連絡だ。

子供の風邪が、母親である彼女にも感染してしまったらしい。電話口から聞こえる咳は、いかにも苦しそうだった。

しかし彼女が抜けると、直近のレッスンの日の人手が足りない。ほかのチームから人員を借りられるよう、早々に社長に相談を……と立ち上がると、突如ぐるんと目眩がして立っていられなくなった。

慌てて、デスクにもたれかかる。

「汐先輩！」

すかさず隣席のさくらが手を貸してくれて、もう一度ワークチェアに戻る。

「大丈夫ですか」

「あ、うん……ありがとう、さくらちゃん」

お礼を言いながら、自分の肩が震えていることに気付く。やけに身体が重い。なんだか寒気もする。

この感覚は、間違いない。発熱だ。

流行っているという病を、汐もどこかでもらってしまっていたのかもしれない——

あんなに気を付けてマスクをしていたのに、何故。

「さっきの電話、パートさんからですよね。欠勤なら、私が上に話しておきます。汐先輩も、もう帰ったほうがいいです」

「ごめん……」

「無理は禁物です。今日はレッスンもないですから、安心して休んでください」

さくらにもそう促され、汐は早退を決めた。

念の為、駅からタクシーに乗り、自宅へ向かう。案の定、帰宅した頃には熱が上がっていて、ベッドに入るだけで体力の限界だった。

あちこちの関節が痛い。肌もひりついている……となると、やはり感染症の線が濃厚だ。

マスクだけでなく、手洗いも念入りにしていたのに、どうして自分はいつもこう、容易く病をもらってしまうのだろう。

（……ほーちゃんに、連絡しなくちゃ）

多分感染症だから、帰宅するときは注意してね、と。

これでは食事も作れそうにないから、夕食を調達してきてくれるようにお願いもしなければならない。

布団の中、握り締めたスマートフォンでメッセージを打つ。

——ごめんなさい。また熱を出してしまいました。感染症かも。仕事は早退しました。ほーちゃん、帰宅するとき、マスクを忘れずにね。寝室はわたしが使ってしまったので、別の場所に泊まってもいいです。大丈夫なので、心配しないでね——。

食事の件も付け加えたら、思いのほか長文になってしまった。

送信、をかろうじてタップすると、直後に汐の意識は途絶えた。

スマートフォンを握り締めたまま、一瞬にして眠りの底に辿り着く。

何か夢を見ていた気もするが、覚えていない。

寝返りすら打ちもせず熟睡していた汐は、やがて、額にひんやりしたものを感じて重い瞼を持ち上げた。

「……ん……」

ぼやけた視界に浮かび上がるのは、帆高の顔だった。

マスクを着け、心配そうな顔で汐の額に触れている。仕事が終わって、帰宅したのだろう。

「悪い、起こしたか。熱は？　病院には行ったのか」

「ううん……まだ」

「ああ、汗びっしょりだ。着替えたほうがいい。だがその前に、水分補給だな。額に貼るシートと一緒に、経口補水液も買ってきた。飲めるか」

うん、と頷くと、横抱きにするような格好で身体を起こされる。

クラクラする。そしてひどく暑い。続けて手渡されたペットボトルはご丁寧にも蓋が開けられていて、口をつけると、ふわっと甘さが広がった。

喉を滑り落ちていく液体の冷たさが、ほっとするくらいに気持ちいい。

（おいしい……）

体温を測ると、三十九度――予想以上だ。

「午後の診察時間になったら、病院へ行こう」

「午後……？ 今って、夜じゃないの？」

「正午だ。午前中のうちに、早退してきた」

途端、靄がかっていた意識が一気にクリアになる。

早退――ほーちゃんが、わたしのために。

「そんな、どうして。わたし、大丈夫だって、メッセージに……」

「放っておけるはずがないだろう」

帆高の気持ちも、わからないことはない。立場が反対なら、汐だって帆高と同じようにしたはずだ。それでも汐は、こんな事態だけは避けたかった。

帆高は自分もひとりの人間だと言った。だから特別扱いはしなくていい、と。

しかしそれはプライベートに限った話であって、勤務中は別だ。

自衛官として、帆高は己の信念に従い尊い仕事をしていて、汐はその時間を、たとえ一秒だって自分の所為で奪ってしまいたくはなかった。

とはいえそんなこと、わざわざ帰宅してくれた帆高に言えるはずもない。

「時間になったら起こすから、もう少し寝ているといい」

「……うん……」

再び横になると、汐は零れそうな涙を見せまいと壁に背を向けて丸くなった。そして、思わずにはいられなかった。もしも、帆高と結婚したのが自分でなければ。

リマだったら、こんなふうにならなかっただろうに、と。


「ほーちゃん、仕事へ行って。わたしなら、大丈夫だから」

「駄目だ。熱が高過ぎる。ひとりにはできない」

何度も食い下がったが、帆高は翌日も仕事を休んだ。

レトルトだが、とお粥を温めて持ってきてくれるのも、こまめに寝室へ様子を見に来てくれるのもありがたいが、ひたすら申し訳なくて、正直、苦しかった。

レッスンはといえば、ありがたいことに別のコマの担当講師が汐の代わりになってくれたらしい。人員の確保や進行の調整まで、すべて残りのチームメンバーがこなしてくれたという。

きっと、それは帆高の職場にも言えることだろう。

自分の所為で、見ず知らずの誰かの身にまで迷惑が掛かっている。

(ほーちゃん、わたしと結婚したこと……後悔してないかな)

帆高ならばおよそ思いもつかないであろう考えまで浮かんできて、そんなふうに大事な人を疑わずにいられない自分が、嫌になってしまう。

——汐。

その日、熱でうなされながら汐は夢を見た。

高校生の頃の夢だ。

懐かしいブレザーを身に着け、ざわめく教室の片隅で席に座っている。ひとつ実際と違うのは、教室内に帆高の姿があることだった。

学ランを着た彼は、クラスメイトに囲まれている。

男女問わず、帆高くん、帆高くん、と盛んに呼ばれ、人望があるのは一目瞭然だ。

その姿があまりにまばゆくて、汐は一歩も近づけなかった。声を掛けたい、でも、椅子から立ち上がることすらできない。

好き、結婚して、とあんなに簡単に言えていたときがあったのに。

いや、言えていたわけがない。

だって、目も合わせられない。

やがてきゃあきゃあと黄色い悲鳴が入り交じる。不思議と、聞き覚えがある。

これは、櫂の披露宴のあとに帆高に群がっていた女性たちの声だ。披露宴？　でも兄は帆高と同い年で、帆高が教室にいるなら兄もいるわけで。

じゃあ、どうしてわたしがここにいるの？

いてはいけないのではないの？　どこに？　ひょっとして、帆高の側に——？

混乱し切って、目が覚めた。

「……ああ、夢……」

ほっとすると同時に、暑さが込み上げてくる。

ひどく喉が渇いた。何か飲みたい。いや、その前に着替えがしたい。汗だくだ。

どうにか体を起こしたら、廊下から帆高の顔が覗いた。

「大丈夫か」

トレーニングウェア姿でマスクをし、額には、ほんのりと汗をかいている。

手に持っているのは、国防に関して書かれた分厚い本だ。するとリビングで筋トレをしつつ、次の昇任に向けてさらなる勉強をしていたに違いない。

ちょっとした時間でも無駄にしない、その姿勢に脱帽するとともに、汐はなんて情けないんだろう、と自己嫌悪に襲われる。

「腹、減っていないか。何か食べるか？　起きるなら、手を貸そう」

当たり前のように差し伸べられた手を、汐はもう取れなかった。取ったらもはや、自分を許せなくなりそうで。いつまで、自分はこんなふうなのだろう。

もう『リマ』に対抗する気も起きない。

だって、勝てる気がしない。

「ほ……ほうっておいて」

「汐？」

「お願い、ひとりにして……っ」

帆高は驚いたように動きを止める。

そしてもう一度、何か言おうとしたのだろうが、食い下がっては逆効果だと思ったに違いない。静かに寝室から出ていった。

その日はそれきり、目も合わせられなかった。


ようやく平熱に戻ったのは、翌々日の朝だ。

汐は念の為もう一日欠勤を決め、帆高はようやく出勤する気になったらしい。

「じゃあ、ゆっくり休んでいてくれ。調理せず食べられそうなものを、ダイニングテーブルの上に置いておいた。夕飯の支度はしなくていいから」

「……うん。ありがとう」

こんなときでさえ、いつものように話しかけてくれる帆高は、なんてできた人間なのだろう。

対する汐はベッドから出たものの、帆高の顔をまともに見ることもできない。こんな自分が妻でいていいのか、疑問に思うほど。

リビングに戻ると、ダイニングテーブルの上にはコンビニのおにぎりやパン、ペットボトルのスポーツドリンク、そしてプリンとフルーツゼリーが置かれていた。

汐がまだ眠っている間に、ジョギングがてら調達してきてくれたのだろう。

(ここまでしてくれなくてもいいのに……)

肩を落としながら、そして汐は気づく。

テーブルの上に、帆高のスマートフォンが置かれていることに。

忘れ物だ。勤務時間中は使わないかもしれないが、なければ不便なはずだ。

すぐさまそれを掴み、部屋の鍵である自分のスマートフォンも携えて、廊下に飛び出す。

急ぎエレベーターに乗り、一階へ。

しかしエントランスにはもう、帆高の姿はなかった。

すでに出発したのだろう。引っ越し以来、帆高は徒歩通勤をしているのだ。

部屋着のままなので少し迷ったが、汐は建物の外に出た。

姿が見えるようなら、追いかけて渡そう。でなければ、諦める。

すると帆高らしきジャケット姿の背中が、五十メートルほど先、建物の角を右に曲がるところだった。

「ほーちゃん!」

すぐさま、小走りで追い掛ける。

よかった。このぶんなら、すぐに追いつける。そう思った汐だが、ほどなくして足を止めることとなった。

「リマ！」と驚いたように呼ぶ声が聞こえたからだ。

「どうしてここに……上京は週末のはずだろう」

帆高の姿は見えない。

だが、声からして曲がり角のすぐ向こうに立ち止まっているのは間違いない。

(リマさんが、ほーちゃんを訪ねてきた……？)

どくどくと、脈が荒く波立つ。

帆高は新婚で、ここは新居のすぐ近くだ。そんなところに早朝からやってくるなんて。いや、そんなことより、どうして住所を知っている？　帆高が知らせた？

どうして？

「……で……が」

「……ああ、……」

ふたりの会話は、ボソボソとしか聞こえない。

リマも返事をしているようだが、やけに低くくぐもって、内容まではわからなかった。

出て行って、声を掛ければいい。

そう思うのに、脚が動かない。靴の裏が、ぴったりとアスファルトに溶接されてしまったかのようだ。

だって、見たくない。帆高とリマが並んだところなんて。

きっと、リマのほうがお似合いに決まっているから。

——そうだ。ああ、わたし……。

帆高のスマートフォンを握り締めたまま、汐は下唇を噛む。

帆高を信じている。自分は、彼に選ばれたのだとわかってもいる。それでもどこかで尻込みしてしまうのは、リマの存在の所為じゃない。

自分に、自信を持てないからだ。

子供の頃から、前向きさに必死でしがみつきつつ、本当はいつも不安だった。

また寝込んで、家族に心配を掛けたらどうしよう。いつも優しく見守ってくれる彼らに、これ以上の迷惑を掛けたくない——掛けたら申し訳ない。

誰に対しても、多分、そう思っている。

(だったら、身を引く？　諦めたと宣言したときみたいに、ほーちゃんのために？)

いや、できない。たとえリマのほうが帆高にふさわしくたって、譲れない。

もう何年も前から、帆高だけを見つめてきたのだ。

好きなのだ。この世の誰よりも。

そして今は、自負してもいる。帆高を支えるため、帆高が背負っているものを理解しようと、こつこつ積み上げてきた時間が汐にはあることを。

――諦めないよ、何があったって。

意を決して顔を上げると、汐は曲がり角の向こうに足を進めた。

「ほーちゃん」

呼べば、帆高が振り返る。

目を丸くして、汐、と呼ぶ。

「どうしたんだ。部屋で休んでいたんじゃなかったのか」

「これ、忘れ物」

スマートフォンを差し出すと、慌ててポケットに手をやった。

忘れたことに気付いていなかったのだろう。すまない、ありがとう、と言いながら受け取る。

すると、いきなり帆高の背後から人影が飛び出した。

「もしかして嫁さんか!?」

食い気味に問われて、仰け反りながら汐は声も出ない。

というのも、そこにいたのは男性だった。

真ん中分けにした茶髪に、二重のぱっちりした大きな瞳。どこかで見た……いや、例の写真だ。白いワンピースの女性を、帆高と挟むようにして立っていた人だ。

リマ本人じゃない。

「そんなに寄るな。汐が怯える」

帆高が彼の肩を掴み、汐から引き離す。

「うーわ、余裕ねえなオマエ。噂通り、ベタ惚れじゃん。らしくねえっつーか、ま、面白いけど、ククク。このロリコーン」

「うるさい。俺の結婚の話をしたのはキロか。止めておいたのに」

「俺から突っついたんだよ。何か隠してるっぽかったからな」

「だからと言って、新居にまで訪ねてくるか、普通」

「えー、だってオマエ、飲み会に嫁さん連れて来ないつもりだっただろ。こうでもしないと紹介してもらえないんじゃないかと思ってさ」

水くさいじゃん、と言って左肘で帆高の脇腹をつつく様子は、気の置けない仲といった感じだ。よほど親しい友人なのだろう。すると、

「……リマ」

苦々しそうな帆高の言葉に、え、と声が漏れてしまう。

今、帆高はなんと言った？　リマ、と——目の前の友人を呼ばなかったか。

「リ、リマさんって、もしかして」

「おう。リマこと、左吾郎と申します。奥さん、以後お見知りおきを」

仰々しく頭を下げる男を前に、茫然としながら汐は思い出す。

そうだ、拓にもキロという謎のあだ名があった。どうしてすぐに思いつかなかったのだろう、リマ、もあだ名であることを。

「忘れられない元恋人とかじゃ、なかったの……？」

「元恋人？　リマが？　いや、そんなわけがないだろう」

きっぱり否定され、ほっとして視界が一気に歪んだ。よかった。たとえ元恋人だとしても、一歩も引く気はなかったけれど、それでもよかった。

ぽろりと涙が零れる。あまりに急な落涙を、俯いて隠すのも間に合わなかった。

「しっ、汐!?」

帆高に、焦った顔で「どうした」と肩を掴まれる。

「具合が悪いのか？　すぐに部屋へ戻るんだ」

「ううん、体調は平気なの。安心したら、全身から力が抜けちゃって、涙腺まで緩んじゃったみたい。ほーちゃんに未だ忘れられない恋人がいるかもって、もう、やだ、想像を膨らませ過ぎたよね、わたし」

いもしない相手に劣等感を覚えて、自分は帆高にふさわしくないのではないかなど
と、愚かにもほどがあった。安堵に遅れて、少々恥ずかしくなってくる。

するとまだ心配そうな帆高の横で、吾郎が豪快に噴き出した。

「なんだ。帆高、俺のこと嫁さんにどんだけ適当に話したんだよ。ちゃんと対話してんのか。億劫がってコミュニケーションが取れてないなんてことはないだろうな」

「いや、そもそもリマの話をした覚えはない」

「あの、そのあたりの話は、帰ってからさせてもらってもいい？　ほーちゃん、そろそろ急がないと遅刻しちゃうかも」

聞けば吾郎は昨日上京し、防衛省横のホテルに泊まっているらしい。そこから、歩いてここまでやってきたというわけだ。

帆高に負けず劣らず長身な吾郎は、肩幅も広くがっしりしているが、不思議と写真で見たときよりひと回りほど小さい印象だった。

「またな！　嫁さん、今度の飲み会、帆高と一緒に来いよ」

「はいっ。お気をつけて！」

手を振ってふたりを見送ると、汐はのんびり自宅に戻った。

安心した所為か、やけにお腹が空いてきて、帆高が買っておいてくれたプリンとゼリーを早速ペロリと平らげた。

9　櫓櫂のたたぬ海もなし

「えーっ、奥さん、リマのこと女の人だと思ってたの!?」

ビールジョッキを片手に、拓が驚いた顔で体を反らす。

「……はい。しかも、元カノなんだとばかり……お恥ずかしい限りです」

「あはは、ないないっ。だって帆高だよ。奥さん以外、女性の影なんかずっとなかったし。ね、帆高」

「ああ」

大きく頷いた帆高の左隣で、汐は赤面しつつ小さくなる。

週末、帆高に連れられてやってきたのは、横浜にある一軒の居酒屋だった。個人経営のこぢんまりとした店は、吾郎と拓の防大時代からの行きつけらしい。

彼ら、海上自衛隊同期の三人が――。

今日、ここで飲み会をすることは、三か月も前から決まっていたという。

つまり初めて拓に会った日、帆高とふたりで話していたのはこのことだったのだ。

帆高はもともと汐を連れて来る気はなかったようだが、吾郎から「連れて来いよ。

絶対だぞ」と念を押されたと言い、参加する運びとなったのだった。

「リマってのはあれだ、フォネスティックコードのLだよ」

そう言って、吾郎は牛串に豪快にかぶりつく。

「ひはひ、は、へいほへへふっへハフはほ？」

「え、えと」

口いっぱいに詰め込まれた肉の所為で、何を言っているのかわからない。

右隣の帆高に助けを求めようとすると、斜め前の席から拓が「僕が通訳するよ」と快く申し出てくれた。

「左、って英語だとleftだろ、だって。ほら、頭文字のLだけで表記されることもあるじゃない？　だからフォネスティックコードに当て嵌めて、L――リマなんだよ。フォネスティックコードっていうのは……わかる？」

「はい。自衛隊関連の情報誌で読みました。無線で通信するときに、正確に文字を伝えるためのものですよね。子供っぽく言うと、ドはドーナツのド、みたいな。あ、じゃあもしかして紅林さんの『キロ』も？」

「そうそう」

「でも、それをどうしてあだ名にしたんですか？」

「うーん、どうしてだったっけ」

四人席に体格のいい男性が三人収まっていると、テーブルや食器がもれなくおもちゃみたいに見える。

吾郎も帆高も長身だし、拓はふたりと比べれば小柄なのだが、それでも一般男性よりずっとがっしりしていて、向かいの席の圧迫感たるや満員電車並みだ。

ごくっ、と口の中のものを嚥下して、吾郎は言う。

「上官が始めたんじゃなかったか？　遠航のときにさ」

「あ、そうだったかも。それでリマが面白くなっちゃって、同期を暗号みたいに呼ぶようになったんだっけ」

「そうそう。被りを避けて割り振ってったから、帆高がどこにも当て嵌まらなくなって、帆高は帆高のままでいいか、って投げやりになったんだよなあ」

「俺は助かったと思ったが」

というのは、そこまで黙っていた帆高の言葉だ。琥珀色の液体が一気に飲み干されると、寸胴なグラスの中で、大ぶりの丸い氷がカランと音を立てる。

今日はハイボールではなく、ロックの気分らしい。

「ノリの悪いこと言ってんじゃねーよ」

吾郎は苦笑し、串だけになったそれを皿の上に戻した。

「帆高の嫁さんさ、なんだっけ、汐ちゃん？」

「はいっ」

いきなり水を向けられ、カルアミルクのグラスを握ったまま背すじを伸ばす。

「旦那がこの大仏じゃ、何をしても盛り上がらなくて大変だろ。テンション一定、表情コンクリ、感情が薄いっつうの？　何考えてるのかさっぱりわかんねーし」

「……えっ、それ、帆高さんのことですか？」

「それ以外に誰がいるんだよ。ま、この無表情っぷりが幹部として有能な証でもあるんだけどな。上の人間があからさまに動揺してりゃ、下は安心して命なんて預けられねえし」

首を傾げてしまう。

帆高の表情筋は確かに硬いが、だからと言ってまったく動かないわけじゃない。ほんの少しだがきちんと表情は変わるし、声色の変化なんて特に顕著だ。

だから、何を考えているのかわからないなんてこともない。

というのは、汐が長年一途に帆高だけを見つめてきた成果なのかもしれないが。

「本気で意味わかんねえ、って顔だな。マジか？」

吾郎は顎を突き出し、理解不能とばかりに眉を寄せ、拓を見た。拓もまた、訳がわからないとでも言いたげに肩を竦めてみせる。疑われているのだろうか。

「本当ですよ。帆高さんがわかりにくいなんてこと、全然ないです。笑顔なんて特に素敵で……あ、あの、すみません、惚気るつもりはなくて……」

やってしまった。そのつもりはなくとも、今のは完璧に惚気だ。

熱くなった頬に両手をあて、そろりと右隣を窺う。と、筋肉質なその肩が軽く跳ね、手もとにあったグラスが見事に倒れた。

「うわっ」と声を上げたのは向かいの席の拓だ。

ウィスキーは飲み干されていたが、グラスの中身は空じゃない。

残っていた球状の氷が、ごろんと転がり出る。急ぎそれを掴んだ帆高だったが、手を滑らせてもう一度転がした。

「なるほど」と、吾郎がニヤリ、笑う。

「これは確かにわかりやすい」

「……え？」

「よほど惚れてんだな。俺がマンションに突撃したときも、俺を汐ちゃんに近づけさせなかったもんな。へー、こういう可愛い系が好みだったんだな、帆高」

「うるさい」

「ロリ……」

「言うな」

帆高は気まずそうだが、吾郎はそれすらおかしくてたまらないといったふうに肩を揺すり、クックと笑う。それからビールジョッキを持ち上げ、言った。

「ともあれ結婚おめでとう、おふたりさん」

「ありがとうございますっ」

「ありがとう。改めてリマ、すまなかった。結婚の報告が遅れたこと……」

「もういいって。こう見えて、俺だって反省してたんだぞ。俺が結婚について色々言った所為で、おまえらに余計なもん背負わせちまったかなって。だから帆高が結婚してくれて、心底、安心した」

かつて――。

吾郎が愛する妻を亡くしたという話を、汐は昨夜、帰宅した帆高から聞いた。

海外派遣に行っている間、留守を任されていた妻が病に冒されていると気付けず、手遅れになってしまったらしい。それをきっかけに自衛官を辞めた、とも。

だから帆高は、己の結婚について伝えるのを躊躇っていたというわけだ。

「……奥さま、おいくつでいらしたんですか」

遠慮がちに問えば、吾郎は「二十七だった」と言った。どきりとした。

今の汐と、同い年だ。

「高校のときの同級生だった。防大出て、幹部候補生学校へ行って、遠航を終えて、速攻でプロポーズして、結婚生活は三年ばかりだったな」

これを受けて、拓は言う。

「いい子だったよね。いつもニコニコしててさ。僕らが防大在学中は、無理言っておな友達呼んでもらって、上級生に内緒で合コンしたりしたっけ」

「いい子というより、聞き分けが良過ぎたんだ。俺の夢を、俺より大事にして……いや、俺だって履き違えてたからな。大事にするってことの意味を」

まるで自分のことを言われているようで、胸がギュッとする。右を見れば、帆高もなにやら沈痛そうな目をして考え込んでいた。

そこで店の奥から「お待たせいたしましたー」と料理が運ばれてくる。

明太子とチーズの厚焼き卵、お刺身の盛り合わせ、焼きおにぎり、唐揚げに天ぷらに冷奴……どれも手間暇かかっていて、ボリュームがあって、美味しい。

三人は揃って大口だ。まるで制限時間でも設けられているかのように、次々と平らげていく。しかも取り分けまで率先して済ませてしまうから、汐にはやることがなかった。艦内でも、こんなふうに過ごしているのだろうか。

「ん……？」

そこで汐は、自分のグラスの中身がいつの間にか空になっていることに気付く。カルアミルクが、ない。

まだ、ひと口も呑んでいなかったはずだ。

「ねえ、ほーちゃん、これ呑んだ？」

もしやと思い尋ねてみれば「呑んだ」と帆高は平然と答えた。

「え、そっか、じゃあ別のを追加注文しようかな」

「何がいい？　烏龍茶、アイスティー、レモンスカッシュ、オレンジジュース」

「……ええと、わたし、またカルアミルクがいいな」

「ソフトドリンクでは駄目なのか？」

「だって、わたしまだ一滴も呑んでないし」

「それでいいんだ。呑んだら、また宅飲みのときみたいになるかもしれないからな」

「えー、なになに」と口を挟む拓に「なんでもない」と帆高はそっけない。

（宅飲みのとき……って）

ひょっとしてと汐は思う。

しゃっくりのこと、だろうか。ああなると、みっともないから？

でも、あのときは本当にたまたまで、飲酒のたびにあんなふうになってしまうわけじゃない。そう言おうとしたら、さりげなく耳もとで囁かれた。

「あんなに可愛い仕草、ほかの男に披露したくない」

かっと、一瞬にして顔面に熱が上る。

平気な顔をしていたいのに、あわあわしてしまって、できない。

（き、聞こえてないよね、紅林さんたちに……）

人前でいきなり、なんてことを言うのだろう。

うつむいても誤魔化し切れそうになく、どうしよう、と弱っていたときだ。

「……あ」

汐は腰のあたりに振動を感じた。ショルダーストラップから下げたスマートフォンが、小刻みに震えている。画面を見れば、櫂からの着信だった。

助かった。

ごめんなさいと断って、スマートフォンだけを手に店の外に出る。

「もしもし、お兄ちゃん？」

呼び掛けると『おう』と懐かしい声がした。

『引っ越しぶりだなあ。汐も帆高も、元気にしてるか？』

「うんっ。お兄ちゃんは？　そっちはみんな、元気？」

『ああ。汐がいなくなって、もれなくしょんぼりしてはいるけどな』

店内の賑やかさはどこへやら、細い路地はしんとしている。

明かりは、道向こうの電柱に設置された電灯と、店の窓から漏れる光だけだ。

立ち並ぶ住宅の窓はところどころ明るくなってはいるが、敷地外まで照らすほどでもない。空は狭く、月の姿も見当たらなかった。

『で、だ。本題なんだが――汐んとこ、遊びに行ってもいいか？』

「新居にってこと？　もちろんだよ！」

『まじか。いやあ、実は汐がいなくなって、しょんぼりじゃ済まないくらい寂しがってる小学生がうちに若干ひとりいてさ』

とは、姪のことに違いない。

「そっか。引っ越してから、一度も連絡してなかったもんね」

『いや、そりゃ忙しかっただろうから無理もねえよ。新生活、まだ慣れてなくて大変だとは思うんだけどさ、顔見たら一時間くらいで帰るから、頼むな』

「寂しいこと言わないで。わたしも会いたいもん。ほーちゃんにも聞いてみるね」

『いや、俺から帆高に連絡入れとくよ』

わかった、と汐はそう言おうとした。が、喉の奥が縮み上がって声にならなかった。

何故なら――。

いたからだ。道向こうの電柱の下に、ずんぐりとした体格の男が。

見覚えならある。一年ほど前、汐に付き纏っていた元生徒。小児性愛傾向があって別件で逮捕、起訴されたはずの例の中年だ。

「っひ……」

一歩距離を詰められて、汐は反射的に後退りする。

この人が、どうしてここに。

懲役刑を受けて刑務所にいるはずでは……いや、あれから一年が経過している。刑期を終えて釈放された可能性は高い。だが。

「お久しぶりです、汐先生」

ねっとりした声で、男は言う。

もしかして、つけられていた？　だって、ここは初めて訪れた店だ。こんなところで会うなんて、尾行されていたとしか考えられない。

いや、今日以外にもずっとつけられていたのだろう。

思えば以前、ミーティング中にパートの女性が言い掛けた。

駅で見掛けた気がする、でもそっくりなだけかもしれない、旦那さまが自衛官なら安心ですね、と。あれはこの男のことだったのだろう。

「会えて嬉しいです。僕のこと、覚えてますよね？」

男は、また一歩、こちらに近付いてくる。

店内に逃げ込もうと汐は踵を返したが、察した男が駆けて来るほうが早かった。

扉の前に立ちはだかれ、退路を失った汐は恐怖に震える。

（怖い。どうしよう。そうだ、防犯ブザーを……ううん、ない）

居酒屋の座席の上の鞄の中だ。

そこで電話口から『汐、どうした？』と呼ばれていることに気付く。

はっとして櫂に助けを求めようとしたものの、唇を開いたところでスマートフォンが吹き飛んだ。男に、叩き落とされたからだ。

「きゃ……っ」

ショルダーストラップのお陰で落下は免（まぬか）れたものの、弾みで通話は切れてしまったらしい。もう、櫂の声は聞こえない。

掛け直そうにも、目の前にやってきた男の威圧感で動けない。もし動けたとしても、スマートフォンを手に取ったところで、また叩き落とされるのが関の山だろうが。

「結婚したなんて……嘘ですよね、汐先生」

「っ……」

「あの巨体の男に脅されて、無理やり……そうでしょう？」

何をどう考えたら、そんな解釈ができるのだろう。理解できない。

「何か言ってくださいよ」

汗ばんだ掌で左手首を掴まれ、汐はいよいよ縮み上がる。

（いやだ。助けて、誰か――ほーちゃん！）

息を大きく吸い込んだものの、汐は帆高の名を口に出せなかった。

もしも帆高を呼んだとして、駆けつけた彼はどうする？

きっとこの男を取り押さえるだろう。そのとき、もし、ちょっとでも荒っぽい扱いをしたら、自衛官が一般人を傷つけた、と非難されやしないだろうか。

それで帆高の夢が閉ざされてしまったら？

そんなの、取り返しがつかない。

「は……っ、離して」

努めて冷静な口調で、汐は言う。本当は、掴まれている手を振り払ってしまいたかったが、我慢した。男を刺激しないよう、しかし毅然と拒否したつもりだ。

(どうにかしなくちゃ。どうにか、自分で)

だが男は引かなかった。

汐の手を離すどころか、よりしっかりと掴んで歩き出す。

「やめて、何をするの」

「逃げましょう。隠すんです。汐先生を、あの男の目につかないところに」

ゾッとして、慌てて全身で抗おうとしたけれど、非力な汐はどんどん引き摺られてしまう。力がありそうには見えないのに、やはり男だ。

握られた腕は、引き抜こうとしてもびくともしない。

「っ……いや！　わたしはこんなこと、望んでないっ」

苦し紛れにしゃがみ込んだが、男は止まらなかった。と、スマートフォンがまた腰のあたりで震え出す。櫂が電話を掛け直してきたのだろう。だが、出られそうになかった。

店の明かりが照らし出している場所から、暗がりへと引っ張り込まれる。

(ほーちゃん)

呼んだらいけない。けれどもう、汐には為すすべがない。

このまま連れ去られたらどうなってしまうのか、想像するのも恐ろしい。

どうしよう、どうしたらいい？　怖い。ほーちゃん――ほーちゃん。頭に浮かぶのは、帆高の顔ばかりだ。あの笑顔を、もしも二度と見られなくなったら。

そうなったら、悔やんでも悔やみ切れない。

いや、それは帆高もだろう。

汐が今夜攫われたとして、帆高は悔やむどころか己を責めるだろう。汐が危険に晒されているのに、どうして気付けなかったのか、と。

声を上げずにいたならば、帆高の立場を危うくさせずに済む。

でもその悔恨が、志を折らないとどうして言える？

「……て……っ」

駄目だ。自分を犠牲にしたら、絶対にいけない。

だって、帆高はこの国を護らんと己の人生を捧げる人だ。

そして汐は帆高が守ろうとしているものの一部であり、そのものなのだ。

「ほーちゃん、助けて!!」

叫んだ次の瞬間、店の扉が破裂する勢いで開いた。飛び出してきたのは帆高だ。

汐の状態を理解するや否や、駆けてきて汐を奪い返す。簡単に男の手が剥がれたのは、二メートル近くある帆高が鬼の形相で迫ったからだろう。

「妻に触れるな」

加えて低く告げられたことで、男は一瞬たじろいだ。

だが直後、帆高を睨み返す。そして憎くて憎くてたまらないと言った様子で、ズボンのポケットから何かを取り出した。

はーっ、はーっ、と肩で息をしながら、全身を震わせ、それを体の前に構える。

剣呑に光る銀色の切先――折り畳み式のナイフだ。

(嘘)

一気に血の気が引いてしまう。あんなものを隠し持っていたなんて。

いくらたくましくても、帆高は生身の人間であって無敵じゃない。刃物で切り裂かれでもしたら、最悪、命だって奪われかねない。

「っほ、ほーちゃ……っ」

「汐、下がって」

帆高がそう言って、汐を背中に隠した次の瞬間だ。

男が一直線に、帆高に向かって突進してきた。胸に凶器を構え、その先端に意識のすべてを集中させるようにして。

「……や……！」

汐は青ざめたが、帆高は冷静だった。

逃げ出すどころかスッと身を屈め、受けの姿勢になる。男が突き出した刃物を左の脇の下にかわし、それから――。

男が空中で一回転したように見えたが、定かではない。

気付けば男はうつ伏せの状態で、膝立ちの帆高に後ろ手に押さえつけられていた。

ナイフは衝撃で吹き飛んだのだろう。数メートル先のアスファルトの上だ。

いつからそこにいたのか、吾郎がその刃を片足で踏みつける。

「あ、もしもし、警察ですか。パトカー一台お願いします。はい――はい」

片手で構えたスマートフォンで、どうやら通報の真っ最中らしい。

傍らに立つ拓もまた、スマートフォンを持っている。カメラを、帆高に向けて。

「んー、出遅れたけどギリギリ撮れたかな。そいつが、刃物を持って帆高に飛びかかったところ。証拠としてコレ、警察に提出しよう」

まるで申し合わせたかのようなチームワークだ。

これも有事における訓練の成果だろうか。いや、それだけじゃない。帆高が海に飛び込んだときにも感じたことだが、彼らはいつだって目の前の人を助けるため、当然のように動く心構えができている。

いっぽう、帆高に捕らえられた男は悔しそうだ。

どうにかして抜け出さんと、必死になってもがいている。

「……っクソ、汐先生を解放しろ、このクズども！」

吐き捨てられた罵声に、帆高は反応しない。負け犬の遠吠えだとわかっているのだろう。余裕のある、大人らしい反応だ。

だが汐は、悔しくてたまらなかった。

何も知らないくせに。帆高がどれほど真摯に、国民のために努力をし続けているのか。その腕に、経験に、知恵と勇敢さに、いつだって守られる立場にいることを。

守ってやるから大人しくしていろと言うつもりはない。でも。

どんなに非道な人間のためにも、彼らはきっと命を懸けるはずだから。

震える声を絞り出す——男に向けて。

「撤回して……」

「撤回してっ」

「し、汐先生」

「彼との結婚を望んだのは、わたしよ。ずっと好きだったの。誇りに思ってるの。この人たちへの暴言は、わたしが許さない！」

激昂した汐を前に、観念せざるを得なかったのだろう。アスファルトの上、帆高に押さえつけられた状態で、男はやがて動かなくなった。

へえ、と感心したように吾郎がこちらを見ている。

だが汐は、そう簡単に落ち着けなかった。

恐怖と怒りが、雪崩のように押し寄せてきた直後なのだ。昂った感情を制御できないまま、肩を上下させて呼吸する。指先が、痺れていくのは気の所為だろうか。

すると「汐」と帆高に呼ばれた。

このままでは過呼吸になると察したのだろう。

「ゆっくりでいい。深く息を吐くんだ」

穏やかな声に導かれ、言われた通りにすると、全身からすうっと力が抜けた。

嘘のように、痺れが消える。そうして呼吸が整うと同時に、ぎりぎりまで張り詰めていたものが緩んで、ぺたんと、その場にへたり込んでしまった。

「あ……」

「大丈夫か」

帆高の問いかけに頷けても、立ち上がる力は湧いてこない。今夜使う予定だった体力を、すべて使い果たした気がする。

と、目の前がにわかにパッと明るくなった。

拓が、男の状態を確かめるべくスマートフォンのライトを点けたらしい。

しかし照らし出されたのは、汐の左手首に残された鬱血の痕だった。よほど強く握られたのだろう。男の手の痕がくっきりと見て取れる。

途端、帆高の瞳が鋭く凍る。

「キロ」

「ん？　帆高、どうしたの？」

「悪いが、代わってくれ。今すぐにだ」

ぎりっと奥歯を噛み締める音がして、汐は思わずどきりとした。

眉間に幾重もしわを寄せ、唾棄せんばかりに口もとを歪めた表情には、沸騰しそうな怒りが表れている。こんなふうに、感情を剥き出しにした帆高は初めてだ。

(いつものほーちゃんじゃない)

男の息を止めかねない勢いに、冷や汗が浮かぶ。

まずいと拓も思ったに違いない。慌てて、代わりに男を押さえつける。

すると汐のもとに歩み寄ってきたときには、帆高は見違えるほど穏やかな目をしていた。

「……汐、抱き上げてもいいか」

「っ、うん」

横抱きにされると、鍛え上げられた腕や肩がいつもより強張っていた。

今にも怒り出しそうなのに、抑えていてくれているのだ。そう、己の信念を守るために……そして汐を怖がらせないために。

触れる手の羽のような優しさに、じんわりと泣けてくる。

パトカーが到着したのは十分後だ。

野次馬が押し寄せる中、帆高も吾郎も拓も、やはり動揺するそぶりなど一切見せなかった。中でもひときわ落ち着いて対応する帆高の姿は、上に立つものの威厳に満ちていて、なんだか神々しいくらいだった。

警察官にひと通り事情を説明し、帰宅したときには真夜中だった。ぐったりして、もう何も考えられない。順番にシャワーを浴びてから、寄り添ってベッドに入る。

腕の、鬱血の痕には、ひとまず湿布を貼ってある。

明日、朝一番に病院で診てもらうつもりだ。

「ありがとう、ほーちゃん……」

筋肉質な左腕を枕に借りた状態で、ぽつりと言う。

すると帆高は体を横向きにして「うん？」汐の顔を覗き込んだ。

「何がだ？」

目が合って、どきりとしつつもなんとなく、まだ現実味が薄かった。非現実的な出来事に、散々振り回された所為だ。まだ、眠れそうにない。

「今日、助けてくれて……すごく、すごく頼もしかった」

「お礼を言われるようなことじゃない」

「でも、当たり前でもないよ。あんなに勇敢なこと、簡単にはできないもの。ほーちゃんたちにとっては、当たり前でなきゃならないのかもしれないけど」

「……そうだな」

帆高の右手が伸びてきて、腰を軽く抱き寄せられる。

思い過ごしでなければ、帆高も平常心ではない。表面上、いつも通りに見えるけれど、触れる手には切実さみたいなものが、ほんのわずかばかり残っている。

汐は――。

あの男について、帆高に隠していたつもりはない。

でも、話すつもりもなかった。

防犯ブザーで自衛していたし、過去、何度か同様の被害に遭ったこともある。だからある程度、己で対処できると、要するに危機感が足りなかったのだ。

もしもあの場に帆高がいなかったら――想像すると、ゾッとする。

「ごめんね」

「お礼の次は謝罪か？　今度こそ、身に覚えはないんだが」

「あるはずだよ。たとえば、わたしが熱を出した日に、ほーちゃんにそっけなくしちゃったこととか」

「なんだ、そんなことか」

「それだけじゃないよ。前にほーちゃん、言ってくれたよね。任務を離れれば、普通の人間だって。その意味、わたし、ちゃんとわかってなかったんだと思う」

「どういうことだ？」

「ひとりの人間だからこそ、地続きなんだよね。任務中でも、プライベートでも。人間性も、感じ方も、信念だってそう」

だから。

「わたしは、ほーちゃんが大事。ほーちゃんが大事にしてるものも、ほーちゃんと一緒に大事にしたい。そう思うならなおさら、まずはほーちゃん自身の強さを信じなきゃいけなかったよね」

帆高は理解しかねる様子でポカンとしているが、それが汐の出した結論だった。

汐は帆高に頼ろうとしなかった。

迷惑を掛けたくないと思っていた。しかしそれこそ自分本位の考えで、無理なら無理だと正直に言えるほうが、安心して手を離せたはずなのだ。

帆高に助けを求めた瞬間、汐が帆高を信じたように。

そんな簡単なことに気付くのに、長い年月が掛かってしまった。

「もしかして『リマ』うんぬんの話か？　本当に違うからな。俺は浮気なんて……」

焦ったように顔を持ち上げる帆高に「ううん」と汐は抱きつく。

「それはもういいの。ねえ、ほーちゃん。わたしのこと、信じてね」

「信じる？」

「大丈夫、もう間違えないよ」

返答はない。どう答えたらいいのかわからないと思っているのだろう。通じていなくても、今は別にいい。広い胸に額を擦り寄せ、目を閉じる。
全部、これからだ。帆高に信じてもらえるよう、行動で示していけたらいい。
ごつごつした体の感触に心を委ね、眠りの波にさらわれていく。

10 海誓山盟

気付くのが遅ければ、手遅れになっていたかもしれない。

『ほーちゃん、助けて!!』

悲痛な呼び声を聞いた瞬間、帆高の肝は冷えた。

非常事態に対する心構えは、いつだってできている。有事の際に思考がストップするような輩は、そもそも幹部の席に座るべきじゃない。目の前にいるのが誰であろうと、冷静かつ迅速に対処するのみだ。それだけは完璧に遂行できたと自負している。

が、汐の細い腕に残る凶行の痕を、目の当たりにした瞬間――。

燃えるような怒りが込み上げてきた。

期せずして、己の未熟さを痛感させられた夜だった。

「ほーちゃん、今日って帰宅、遅くなる?」

尋ねられたのは、前方に目的地が見えてきたときだった。白い外壁のビル――汐の勤務先である、クッキングスタジオ『celeste』が入っている商業施設だ。

帆高はウィンカーを左に出し、信号待ちの列に加わりながら「いや」と答える。

「定時とはいかないが、十九時までには終われると思う」

「ほんと？　じゃあお夕飯、餃子にしようっと。ニンニク少なめ、お野菜多めで。餃子はやっぱり、包んですぐに焼くのが美味しいもの」

「ああ、楽しみだ。が、平日にそんな手の込んだものを作るのは大変だろう」

「うーん、じゃあ、冷凍のにしちゃおうかな。羽根が美味しいよね、冷凍餃子」

飲み会の夜から三週間、帆高は汐を職場に送迎するのが日課になった。仕事が長引きそうなときは早めに連絡し、汐にはタクシーで自宅まで帰ってもらう。

というのは帆高が言い出したことで、件の男には実刑かつ汐に対する接近禁止命令が下されたものの、これで安心、一件落着とは思えなかった。

何故なら汐は、今まで何度も同様の付き纏い被害に遭っていたらしい。

だから常に防犯ブザーを持ち歩いているなどと聞いたら、とてもではないがひとりで通勤させられなくなってしまったわけだ。

負担になるから、と遠慮するかと思いきや、汐は素直に受け入れた。

ということはつまり、彼女もあの晩の恐怖を今も引き摺っているわけで――。

もっとだ。もっと細やかに、これまで以上に気を配る必要がある。体調だけでなく精神面でも決して汐に無理をさせないよう、ひときわ大事に守っていかなければ。

「ねえ、ほーちゃん」

赤信号をぼんやり見つめながら汐が言う。

「左さん、次はいつ上京するのかな」

「何か気になることでもあるのか？」

「だって、せっかくの飲み会、途中で強制終了になっちゃったでしょ？　仕切り直せたらよかったけど、それもできなかったし、左さん、久しぶりに上京してきたのに、満足にほーちゃんと話せなかったんじゃないかなって」

「充分、話せたよ」

そこまで気を遣わなくてもいいのに、本当に汐は心優しい。

「長居したところで、あとは酔うだけだったはずだ。リマは俺たち以外の同期とも会っていたみたいだし、帰る日にもまた少し会えたし、汐が気にすることは何もない」

吾郎はと言えば、あの翌日に地元へ帰って行った。

数年前、自衛官時代に培った体力を活かしてスポーツジムに就職した彼は、今やそれなりに名の通るトレーナーをしているらしい。そう、別れ際に聞いた。早く帰らないと予定が詰まってる、と笑う彼はずいぶん吹っ切れたように見えた。

今、幸せか、とは聞けなかったけれど。

「リマはいつもああなんだ。嵐のようにやってきて、あっという間に去って行く」

「そうなんだ。確かに、嵐みたいだったかも」

「それに、心配しなくてもまたすぐに会うことになる」

「また次の予定があるの？」

首を傾げる汐を横目に、また左にウィンカーを出す。商業施設の裏手、従業員通用口の手前が、送迎の定位置だ。ハンドルを切りながら、帆高は言う。

「式及び披露宴だよ。挙げるなら、呼びたいと思ってる」

お互いの両親も心待ちにしているようだし、恐らく、汐にとってはいい気分転換にもなるはずだ。嫌なことを早く忘れさせ、前向きな気分にしてやりたい。

路肩に停車し隣を見ると、汐は目をしばたたきながらこちらを向くところだった。

すっかり忘れていたという顔だ。

「それって、わたしたちの……？」

「そう。汐さえ乗り気なら、そろそろ準備を始めてみないか」

「い……」

続く言葉は、いいの？　あるいは、忙しいでしょ？　か——。

どちらにせよ、前向きなニュアンスではなかった。

帆高に掛かる負担を気にしているのかもしれない。遠慮しなくていい、とにかく会場の見学だけでもしてみないかと帆高は言おうとした。

すると直後、汐は決意したように帆高と目を合わせ「やりたいっ」と言う。

「学生時代から、何度も何度も想像したもの！」

想像とは。

思わず噴き出してしまった。

「そういえば、結婚しようと何度も言われたな」

懐かしい。

毎回毎回めげずにぶつかってくるから、よく懲りないなと感心したものだ。

「ほーちゃんは、ごめん、っていつもすげなくしてくれたよね」

「ごめん」

「あ、またそれ。謝罪のバリエーションが少な過ぎるんじゃない？」

「謝罪はシンプルが一番だろう。問題は、気持ちが伝わるかどうかだ」

「……そうかもしれないけどぉ」

少々剥れた顔もとびきり可愛くて、何故だか、その澄んだ瞳が少女の頃の——かつて顧みるものもなくただ真っ直ぐにぶつかってきた彼女に通じて見えて……。

たまらなくなって左手を伸ばした。

片腕で引き寄せ、抱き締める。

「え、あの、通行人が見てるから」

「わかってる」

「うー、それ、わかってない声……」

いや、わかっている。わざとだ。わざと、見せつけている。

知れ渡ればいい。汐が誰のものなのか。付け入る隙などないということも。

(今まで以上に、大事に守る。無理はさせない。傷ひとつつけさせない)

後ろ頭に口づけてから体を離すと、汐はぎくしゃくした動作で車から降りた。火照った顔で「じゃあ、退勤するとき連絡するね」と助手席のドアを閉める。

通用口の前で振り返り、小さく手を振る仕草がやはり可愛くて、可愛くて——車を降りて抱き締めに行きたいと思ってしまった。

＊＊＊

本当は、毎日送迎すると言われたとき、断ってしまおうと思った。せっかく庁舎の近くに引っ越したのに、わざわざ汐を送っていたら家を出る時間が早くなってしまう。でも、思い切って甘えてみてよかった。

お陰で、あの晩に感じた恐怖はずいぶん薄れた。

「汐先輩、結婚式やるんですね」

休憩室でひとり、こっそり結婚情報サイトを見ていると、背後から声を掛けられて飛び上がりそうになる。

「あ、うん。今、会場を探しているところなの」

早速バレてしまった。詳細が決まってから報告するつもりだったのに。

ともあれ先週、帆高から式について提案されてからというもの、汐はせっせと情報を集めていた。ホテル、結婚式場、神社にチャペル、それから海外挙式――。

「式場って、案外たくさんあるんだね。迷っちゃって」

「迷うんですか？　先輩のことだから、レストランでも借り切るのかと思いました」

「レストラン？」

「はい。レストランウェディングってやつです。以前私、出席したことがあるんですけど、メニューにもかなり融通が利くみたいで、何を食べても美味しかったです。サイトに載ってないですか？」

「えっ、見てみる！」

サーチしてみると確かに、レストランウェディングと銘打った記事を見つけた。教会や神社で式を挙げたあと、レストランへ移動するのだ。あるいはチャペル付きのホテルのレストランや、レストランをモチーフにした披露宴会場というのもある。

「知らなかった……。あ、ねえ、これって、レシピを渡したらその通りに作ってもらえるのかな。ケータリングみたいに持ち込むのは、やっぱり難しいよね」

「そうすね。ナマモノは難しいんじゃないかと。レシピは要相談じゃないですか。普通の式場でも、ウェディングケーキはフルオーダーできそうですけど」

「教えてくれてありがとう。レストラン……すっごくいい！」

わざわざ足を運んでもらうのなら、とびきり美味しいものをお腹いっぱい食べて帰ってもらいたい。そう思うのは、料理人だからかもしれないが。

「お手伝いできることがあれば、声掛けてください」

さくらは言う。ほんの少し、申し訳なさそうな顔で。

「私、あの事件のとき、何もできませんでしたから。バチボコにしてやる、なんて言ってたのに、パートさんの重要な発言をスルーしてましたし」

「さくらちゃんが気にすることじゃないよ」

「気にしますよ。だってこう見えて私、汐先輩には感謝してるんです」

「え、わたしに？　なんで？」

「私、高校生の頃からバイトをしても全然続かなくて。つか、失敗したらやめればいいやって軽く考えてたんですよね。でもここへ来て、いつもめげない先輩を見て、何やってたんだろって目が覚めたっていうか」

初めて聞く話だった。

先輩先輩、と慕ってくれるさくらが、そんなふうに考えていたとは。いや、そんな気持ちがあるからこそ、先輩、と呼んでくれるのか。体が弱くて迷惑ばかり掛けてしまう、こんな自分でも——。

「は」

「は？」

「ハグしてもいい!?」

どうにかしてこの感動を伝えたいと思ったのに、途端にさくらはスンとする。

「いや、それは普通に遠慮しときます」

「普通って……」

「だって先輩の旦那さん、先輩のことめちゃくちゃ大好きじゃないですか。あんなガチムチに妬かれでもしたら、あとが怖いです。寿命が縮みそうです」

「あれ？　さくらちゃん、ほーちゃんに会ったことあったっけ？」

「毎朝毎晩通用口にいらっしゃれば、そりゃ見掛けますって。先週は抱擁してるところも目撃しましたけど、これ、やっぱ黙っておいたほうがよかったです？」

にやりと企みがちな目を向けられて、顔から火が出そうになる。見られていたのか。よりによって、さくらに――いや、さくらでよかったのかもしれない。

上司に見られていたら恥ずかしくて出勤できなくなりそうだ。

（だから見られてるって言ったのに！）

帰路、帆高に車内で抗議した汐はしかし、帰宅後に「誰にも見られない場所ならいいんだよな？」と、かえってちょっかいを出される羽目になった。

もちろん、性的な意味で。

それでレストランウェディングについて話ができたのは、夕飯の餃子にありついてからになってしまった。てっきり手放しで賛成してもらえると思ったのに、帆高からは「かまわないが、無理をしないように」と釘を刺された。

「わかったっ。じゃあ出来る範囲でやってみる！」

「あ、ああ」

帆高は目を丸くしていた。

＊＊＊

間もなくして、式場探しが始まった。

汐がレストランを披露宴会場にしたいと希望したため、そういう趣向でだ。上官からは、なんだ、すぐ横の某ホテルじゃないのかと言われたが、妻の職業を説明したところ、そういうことか、と納得していた。

並行し、進めたのはドレス探しだ。

「うわあ、きれい！」

汐を連れて訪れたのは、都内にあるドレスショップだ。

こぢんまりとした店内にはハンガーラックが所狭しと並び、帆高には少々動きにくいほど。どれも同じような白いドレスにしか見えないが、汐にとってはそうではないらしい。店員に先導され、あれもこれもと手に取っては興奮気味に声を上げる。

「これっ、このドレープ、すっごく優雅。すてき！」

「着てみたらどうだ？」

「うん！　でも、こっちのプリンセスラインも可愛くて捨てがたいの。ねえ、ほーちゃん。右と左、どっちがいいと思う？」

「両方着ればいい。どちらも似合うと思う」

「そういうのナシ」

「じゃあ右」

「……うー、やっぱり両方着てみる」

意見を求める意味とは、と疑問には思ったが、汐が楽しそうでなによりだ。

式を提案してから十日ほど経つが、汐の表情は気の所為か明るくなった。事件直後のように、ごめんね、などと申し訳なさそうにすることもない。

むしろ昨日、もう電車通勤できるよ、などとも言われた。

目下、送迎をやめるつもりはない。

「うーん……Aライン、駄目かも」

すると、試着室の中からそんな呟きが聞こえる。

「どうした？」

「えと、裾が長すぎて。別のに着替え直すから、ちょっと待って」

裾上げできますよ、との店員の声がやはりカーテンの向こうから聞こえた。汐の側で、着替えを手伝っているのだ。ここと ここをお直しして、いえでもそうするとデザインが変わっちゃいませんか——中がどうなっているのか、非常に気になる。

「汐、俺には見せてくれないのか」

「だって、全然似合ってないんだもん」

「それでもいい」

見たい。

なんといっても、花嫁衣装だ。帆高の隣に立つための衣装なのだ。

「汐」

もう一度その名を呼べば、ボソボソと話す声がする。店員に背中を押されたのだろう。左右から重ねるように閉じられていたカーテンが、おずおず開いた。

「変……だよね……?」

途端、帆高は目を丸くする。そして無言のまま、視線を下に滑らせた。

胸元を清楚に覆い隠すメッシュのレースに、細くくびれたウエスト、そして床を這うように広がる裾——どこが全然似合ってない、のだろう。

「綺麗だ」

「ほんと?」

「ああ」

体が少々泳いではいるが、それすら汐の華奢さを際立たせているようだ。スマートフォンをポケットから出し、一枚記念に、と思ったら「だめ！」と止められてしまう。

「もうちょっと、似合うドレスのときにしてほしい、です」

困ったように下がる眉が、可愛くて可愛くて全身から力が抜けそうになる。

狭い場所ゆえ、必死に耐えたが。

（……どこまで『可愛い』を更新するつもりなんだ）

そんなに魅力的でなくていい。危機感を持ってくれと言いたい。ただでさえニッチな男の衆目を集めがちなのに、これ以上可愛くなったらどうするんだ。

「じゃあ、次のを楽しみにしよう」

「き、期待し過ぎちゃダメだからね」

そう言いながらも、ミニ丈のドレスに着替えた汐は妖精のようだった。

大きく開いた胸もとが、目に毒なほどだ。恥ずかしそうに膝を擦り合わせる様子もいじらしくて、夢中でシャッターを押してしまう。

次は腰から下がふわっと広がったロングドレスだ。手の込んだ刺繍が、少しあどけなさのある汐の愛らしい雰囲気を増長させて、悶絶したくなるくらいにいい。

今度はビデオ撮影もしてみる。

もちろん静止画も撮りまくる。

「ほーちゃん、撮り過ぎ……」

「そうか？　まだまだ、撮り足りないんだが」

いっそ小冊子でも作って本棚に並べたいくらいだ。

すると店員がくすくす笑いながら、帆高のほうへやってくる。

「新郎さんも何か着てみませんか？　タキシードも何着かありますよ」

「いや、俺は」

専門の業者からレンタルするので必要ない、と帆高は言おうとした。

自衛官には、自衛官だけが着用できるセレモニー用の衣装が存在する。しかも陸海空別々のデザインで、夏服と冬服がある。帆高であれば海上自衛官用、それも幹部が着用する第二種礼装を着ることができる。ちなみに有料である。

しかし店員はいそいそと、店の奥からタキシードを引っ張り出してくる。

「これです。グレーと白だったら、どちらがお好みでしょう」

「わ、ほーちゃん、どっちも似合いそう！」

汐が興奮気味に、前へ出たときだ。ひゃっ、と高い声を上げる。長いドレスの裾を踏み、前のめりになったのだ。すぐさま右手を伸ばし、倒れ込む体を受け止める。

「……大丈夫か」

「うん、ありがとう」

「怪我はないか。ひとりで立てるか。もしかして、気分でも悪いのか」

「平気。裾を踏んだだけだから」

「そうか。では試着室まで運ぼう。また転んだらいけない」

抱き上げようとすれば、慌てた様子で「大丈夫だよ！」と止められる。

「ひとりで歩けるよ。ほーちゃん、心配し過ぎないで」

「そう言われても、心配なものは心配なんだ」

強引に横抱きにして試着室に戻してやると、汐は怪訝そうな顔をしていた。目が合って、何か言いたげにされたものの、店員の目を気にしたのだろう。

無言でカーテンを閉めた。

＊＊＊

「夕食は食べて帰ろう。明日も仕事だろう」

「うん、仕事だけど、夕飯くらい作れるよ」

「無理はするな。ああ、気疲れしないよう個室のあるレストランにしよう」

ドレスショップの帰路、食事に寄ったときも帆高はそんな調子だった。

車を乗り降りするときは、助手席までやってきてドアの開け閉めをしてくれる。一歩でも歩くときは、腕に掴まるように促す。帰宅してからは入浴時に服を脱ぎ着するのも手伝われ、早く寝たほうがいい、とベッドまで横抱きにして運ばれた。

また、翌日も――。

「ほーちゃん、わたし、そろそろ電車通勤に戻ろうかと思うんだけど……」

「いや、まだ早い。もう少し、俺が送迎する」

「もう少しって、いつまで?」

「最低でも一年、と考えている」

「一年!?」

それは少し、ではないと思う。

大事にしてくれるのは嬉しいし、ありがたいと思う。その優しさに甘えるのも大事なことだと、汐はようやく気付いたところではあるのだが。

（ここ最近のほーちゃんは、過保護すぎると思う）

汐は仕事の休憩中、コーヒー片手に考える。

付き纏い男の一件があって、不安になっているのだろうか。いや、でも、外敵を恐れているだけなら、室内を横抱きにして運ぶのはなんだか違う気もする。

そこで汐が思い出したのは、吾郎の妻のことだ。

汐と同じ二十七で、夫に己の不調を伝えられず、病が悪化して亡くなった人。思えば吾郎が妻について語ったとき、帆高はやけに沈痛な面持ちだった。

(左さんの奥さんとわたしを重ねて心配してる？　けど、それなら今になっていきなり過保護になるかな？)

いくら考えてもわからない。

汐は、己が態度で示すことで、帆高が安心して手が離せるような人になろうと思った。その方向は多分、間違えていない。でも多分、正解でもない。

——もっときちんと話そう。

帆高にも、不安を吐き出してもらおう。

だって、夫婦なのだ。側にいて、生活を共にしているからこそ、言葉にしなければ伝わらないことがたくさんある。

そして帆高はそういう対話の大切さを、きっと誰より知っている人だ。

＊＊＊

「帆高さん、ちょっとそこに座ってください」

低い声で言われたのは、汐を職場へ迎えに行き、自宅に戻った直後だ。

それまで和やかだった雰囲気が一変し、帆高は示されたソファに腰を下ろしながら息を呑んだ。

なんだ。なんなんだ。

（帆高さん、と呼んだだか。二人きりなのに。……怒っている？）

眉が吊り上がっているところからしても、汐が腹を立てているのは間違いない。

しかし、身に覚えがない。

ひょっとして数日前、ドレスショップで写真を撮り過ぎたことだろうか。

あるいは先日、汐にちょっかいを出したこと、かもしれない。仕事から帰り、食事の準備にも取りかからせずに、廊下で可愛がってしまったことがあった。

直後、怒っている様子はなかったが、本当は不満だったのかもしれない。少々、いや、大いに調子に乗った自覚はある。

呆れられた？　愛想を尽かされた？　それは困る。

ごめん、とすぐさま謝罪したいのはやまやまだったが、帆高はグッと堪えた。

理由もわからないうちから、先手を打って詫びるのは卑怯だ。

「帆高さんに、聞きたいことがあります」

静かな気迫に思わず敬礼しそうになって、はい、と答える。

「正直に答えてください」

「な、なん……でしょうか」

「帆高さんはわたしの、どういうところが具体的に心配ですか!?」

思い切ったように言われて、帆高は目を丸くした。心配。なんのことだ。

事態が飲み込めない帆高の前、汐は真剣そのものの顔で帆高に迫る。

「教えてほしいの。どんなに些細なことでもいい。誤解だったら解きたいし、ひとりで解決できないことなら一緒に立ち向かいたいし、ほら、不安なことって話すだけで少し楽になったりするじゃない？」

怒っているのではない……のだろうか。

考え込んでいると、体を屈めて正面から覗き込まれた。ふたつの丸い瞳はダイヤモンドのように澄んでいて、生まれたてのようにピカピカで、見惚れそうになる。

「……聞いてる？」

「はい」

「敬礼も敬語もなくてよろしい」

「あ――ああ、わかった。だが、すまない。発言の意図が汲み切れない」

正直に白状すれば、汐は唸りながら斜め上を見て、考え込む。それから「最近のほーちゃんは度が過ぎてる気がして」と言って、ソファの右隣に腰を下ろした。

「なんの度だ？」

「心配の」

堂々巡りではないか。

改めて尋ね返そうとすれば、汐が「わたしね」と口を開き直した。

「本当は、態度で示すつもりだったの」

「どんな？」

「以前みたいな無理はしない。頼れるところは、ちゃんと頼る。そうやってほーちゃんから、もう目を離しても安心だって言ってもらえるように、頑張ろうって思ってた」

帆高はぴくりと眉を動かした。

職場に送迎しようと言ったとき、汐は遠慮を一切しなかった。怖がっているからだと思っていたが、そうではなかった……ということなのだろうか。いや、だが。

「でも、それって『リマ』さんを、想像だけでほーちゃんの元カノにしちゃってたときと同じなんだよね。完全なる自己満足、そういう意味で前進してないの」

相槌を打ったものの、正直まだ、意味がわからなかった。

「覚えてる？　わたしが初めて左さんに会ったときのこと」

「ああ、覚えているが」

「あのとき、左さんに言われたよね。ちゃんと対話してんのか、って」

汐は言う。空中から考えを掻き集めるように、窓のほうに視線を傾けて。

「この間、心配だって言ってわたしを抱き上げるほーちゃんを見て、やっぱりこのままじゃいけないと思った。わたしがどんなに強くなったって、ほーちゃんの心配な気持ちが解消されなければ意味がないもの」

「俺の……？」

「うん。だから、ほーちゃんのほうから打ち明けてほしい」

輝石のような目が、ぱっと帆高を捉える。

帆高はもはや、その目を見つめ返すしか出来なかった。

「ねえ、わたしは生涯ほーちゃんの妻で、ほかの誰かの妻じゃないよ」

汐が何を憂えているのかをようやく理解して、息を呑む。

吾郎の妻のこと、だろう。帆高が汐に対し、ひょっとしたら同じようになってしまうのではないかと、過剰な心配をし続けていることに、汐は気付いている。

そこまで深く、理解しようとしてくれたのか。

浅茅帆高という、ただの人間のことを。

「……そうだな」

まずい。感極まって泣きそうだ。奥歯を噛んで、ぐっと堪える。

ここまで歩み寄ってもらったのだ。洗いざらい、話さなければ。

その先、帆高は進んで己の腹の内を汐に打ち明けた。おおむね、汐の予想した通りだということ。祖父に関しての後悔も、そこに拍車を掛けていたこと。

それから飲み会の晩のこと。汐が傷つけられて、どれだけ動揺したか。

そして帆高は声に出して語りながら、ふと気付かされた。

すべての問題が、汐を手放したくない、という強い欲求に帰結することを。

(馬鹿だな、俺は)

病にも、ほかの誰かにも攫われたくない。己の側に留めておきたい。

なんだ。

ただの独占欲ではないか。

「以前、汐を給養員に欲しいと言ったが、取り消すよ」

「なっ、なんで!?」

「今は、パートナー以外考えられない。何度生まれ変わっても、妻になってほしい」

何がなんでもこの手で守らなければ、と意地のようにこだわっていた気持ちがゆるゆると抜けていく。そうしてやらなければ消えてしまうとは、もう考えられない。

守りたいとは思う。けれど、汐はそう簡単にはいなくならないだろう。

このところ、ずっと忘れていた。

『諦めないよ』

そう帆高に告げた頃の、決して強がりだけではない、彼女の不屈さを。

「やだなあ、ほーちゃん」

すると汐がそう言って、ケラケラと笑い出した。

「それはこっちの台詞だよ。わたし、たとえ生まれ変わって、地球の裏側に生まれたとしたって、ほーちゃんのことを見つけて告白する自信があるもの」

帆高は思わず噴き出して、そして汐を抱き寄せた。

小さな体を膝の上に横抱きにして、華奢な肩に額を寄せる。少し甘い匂いを肺いっぱいに吸い込んで、そして満たされたような気分で目を閉じる。

「あ、あの、ほーちゃん……？」

汐は困ったようにたじろいだ。

だが、帆高は動かなかった。

「少しだけ、このままでいてもいいか」

「このまま、って」

「今だけでいい。甘えさせてほしい。……駄目か」

ぴくっと、その背すじが驚いたように伸びる。

甘えたいだなんて、予想外の言葉だったのだろう。

帆高自身、自ら発した言葉なのに、意外な気持ちだった。折れそうなほど細いこの肩が、こんなにも頼り甲斐のあるものになる日が来ようとは。

いや、もう何年も前からずっとこうだったのだろう。

帆高が気付かなかっただけで。

「……駄目」

汐は恥ずかしそうにしながらも、帆高の肩に左腕を回す。

反対の手で、よしよしと頭を撫でてくれる。

「矛盾してないか」

「ううん。甘えるのはいいの。でも」

「でも？」

「少しだけじゃ駄目」

ぎゅっと頭を抱き締めて、そして汐は自分のほうが甘えるみたいに言った。

「いっぱい甘えてほしい。そうしてくれたら、うれしい……」

調子に乗るぞ、とは、言おうとしてやめた。すでに乗り掛かっている状態だ。

第一そう忠告したとして、もう止められそうにもない。

帆高は縄張りをアピールする猫のように、こめかみを汐の肩甲骨に擦り付ける。

（こうしていると、落ち着くのに気が引き締まる。不思議な気分だ）

日本だけじゃない。地球上のすべての人が、こんなふうに幸福であってほしい。

そんなことを考えていたら、つむじにチュ、と音を立ててキスされた。

「ほーちゃんの髪、ふわふわ。指、埋めるとあったかくて、気持ちいい」

するすると髪を梳かれる感覚に、むずむずと欲が頭をもたげ始める。

「そんなに無防備に煽っていいのか？」

「ん？」

続けて前髪を掻き上げられ、額にも口づけられそうになったから、帆高は顎を浮かせ、近づいてきた唇をすかさず啄（ついば）んだ。こら、と抗議されたので、もう一度。

「ん……っ、ほーちゃん、んっ、もう、待っ……っん」

ちょんちょんといたずらに発言を阻止され、汐は不満そうだ。

困り眉をし、むうっと剥れた顔もひときわ可愛くて、耐え切れず深く口づける。舌を差し入れ、軽く掻き混ぜてから、ソファの座面に組み伏せる。

「もっと甘えてもいいか？　もっと、奥、深くまで」

真上から見下ろして言うと、汐はじわじわと赤面した。甘えてというのは、そういう意味ではなかったのに……とでも思っているのかもしれない。

それでも、小さく頷いた。

その晩、帆高は久々に手加減せず汐を抱いた。ソファからベッドに移動し、シーツがめちゃくちゃに乱れるまで。

もう駄目、と咄嗟に零すくせに、直後には、駄目じゃない、お願いやめないで、と健気に懇願するさまが可愛くて、どうにも止められなくなってしまった。

避妊だけは忘れなかったが。

と言っても、妊娠、出産で汐の体に負担を掛けるのが心配なわけじゃない。
まだ、汐を独り占めしていたい。
それだけだ。

エピローグ

梅雨真っ只中の六月にもかかわらず、朝から快晴だった。

石造りのチャペルには、讃美歌が清らかに響いている。祭壇の壁に嵌め込まれたのは、聖母をかたどったステンドグラスだ。鮮やかな光がちかちかと降り注ぐ中、父の腕に掴まって、汐は赤い絨毯を一歩一歩と踏み締める。

純白のドレスは、全体に刺繍が施された華やかな一着だ。

白いヴェールの向こう側、帆高の姿はまだぼんやりとしている。

「汐先輩、綺麗……」

新婦側の参列者の席から聞こえるのは、さくらの声だ。アシスタントたち、同じチームのメンバー及び、社長もわざわざ自ら足を運んでくれたようだ。

親戚や、兄たち一家、母の姿は前のほうにある。

彼らに軽く会釈をしてから新郎側の席を見て、直後に汐は目を細めた。

(え、なんで、こっち、やけに眩しい!)

それもそのはず、席の半分以上が白い制服の人たちで埋め尽くされている。ワイシャツでも、タキシードでもない。海上自衛官としての礼装、官服だ。

肩に階級章がついている人もいれば、ついていない人もいる。

中には、胸もとにカラフルな防衛記念章が何列もずらりと並んでいる人もいて、それだけでひと角の人物なのだと予想がつくようだった。

席の中ほどにはメガネの拓と、スーツ姿の吾郎も見える。

帆高の両親と妹弟たちは、一番前の席に座っていた。目が合って微笑み合うと、もう祭壇の前だ。父から帆高にエスコート役が渡ろうとしたそのとき、汐は思わず小さく声を漏らしてしまう。

「……わ」

参列者の制服より、いっそう眩しい白――。

そう感じるのは、両手に嵌めた白い手袋の影響かもしれない。招待客とは違い、襟もとには蝶ネクタイ、広い胸には金ボタンと金の房飾りが映える。

そして、なんと言っても腰から下げたサーベルだろう。銀色の輝きが、ただでさえ立派な帆高をより格上げし、洗練された佇まいに見せてくれている。

(素敵、素敵、やっぱり素敵、ほーちゃん……っ)

しかし新郎がこの様子だから、汐は少し豪奢すぎるくらいのドレスを選ばねばならなかった。シンプルなドレスでは、隣に立ったときに霞んでしまうからだ。

ぼうっと見惚れていると、ヴェール越しに制帽を被った帆高と目が合った。

「どうした？」

こそっと言われて、こそっと返す。

「だって、ほーちゃんが格好良すぎるから」

「汐こそ、可愛い。ヴェールを上げて、誰かに見せてやるのが惜しい」

「もうっ、またそういう……」

すると祭壇の向こう、牧師がゴホンと咳払いをした。

静かにしなさいと言いたいのだろう。

慌ててそちらに向き直れば、予定通り、誓いの言葉が始まる。牧師の声に倣って宣誓するのは、病めるときも健やかなときも、というういわゆるスタンダードな文言だ。

「私、浅茅帆高は――」

帆高の声はよく通り、石の壁に厳かに反響する。

堂々としたその宣言が終われば、次は汐の番だ。

「わたし、八重島汐は、浅茅帆高を夫とし、病めるときも、健やかなときも、悲しみのときも、喜びのときも……」

そこまで言って、そうだ、と付け足すことにする。

「そして彼が、身をもって責務の完遂に努めるときも、一緒に立ち向かい、この命ある限り、真心を尽くすことを誓います！」

チラと隣を見れば、帆高は虚をつかれたように目をしばたたいていた。

不意打ち、成功だ。

それから――。

宣誓書にサインし、指輪の交換を済ませてから、チャペルを出る。待っていたのはライスシャワーと、笑顔の人々だ。最初に声を掛けてきたのは、拓だった。

「おめでとー、帆高、汐さん。ふたりとも、めっちゃくちゃ似合ってるね！」

「ありがとうございます」

「あーあ、僕も結婚したくなっちゃったなー。二次会でいい出会いないかなー。ってか、そうだ、このあとの披露宴ってバス移動だよね？」

ああ、と応えたのは帆高だ。

「レストランを貸し切った。料理はすべて、汐監修だ」

「あ、汐さん、料理関係の仕事してるんだっけ。わあ、楽しみだなあ！」

「いっぱい食べて行ってくださいね。自衛官の皆さんのために、お肉料理多め、ボリユームたっぷりでご用意させていただいたのでっ」

拓の言った通り、披露宴会場にはバスに乗り合わせて移動する。以前、汐が働いていた多国籍料理のレストランで行うのだ。オーナーが快く引き受けてくれたので、全品、レシピから盛り付けまで、汐が考えさせてもらった。

ウェディングケーキも、もちろんそうだ。

あれこれ思案するのは、とても楽しかった。レストランの厨房と、打ち合わせを重ねるのも。けれど、料理人と話をするたびに思った。

やはり、自ら腕を振るいたい。

作った料理を、お客さまに食べてもらいたい。

料理講師の仕事も好きだけれど、原点はやはりそこなのだった、と。

(ほーちゃんが地方転勤になったら、今の職場を辞めることになる。そうしたら心機一転、新転地で事業でも始めてみようかな。たとえば、ケータリングサービスとか)

なんて夢見ていることは、まだ誰にも話していない。

「おう」

そこで、パッと低めに米粒を投げられる。

「おめでとさん、ふたりとも」

「左さん！」

「この間は悪かったな。中途半端なところで解散になっちまって」

「いえっ。わたしのほうこそごめんなさい。せっかくの再会の日に、とんでもないことに巻き込んでしまって……」

「いや、巻き込んだってのは違うだろ。帆高とキロはもちろん、俺もかつては服務の宣誓をした身だ。自衛官を辞めても、国民のために働きたいって気持ちは今も変わらねえよ。ましてや、汐ちゃんは親友の嫁さんなんだからさ」

ふふ、と拓が笑う。同期の絆を再確認したみたいに。

「帆高を頼む。一緒に幸せになってくれ」

「はい。左さんも！」

「ああ」

きっと、奥さまもそう願っているはずだ。とは、言いたいけれど言ってはいけない気がした。たった二度しか会っていないのに、わかったふうな口は利けない。

そんなことを考えていると、隣から帆高が「絶対だ」と割り込んだ。

「絶対に、リマも幸せでいてくれ」

「ああ、っつってんだろ」

「頼んだぞ」

「しつこい」

ふはっと吾郎が噴き出す。その笑顔は、今まで見た中で一番自然に見えた。

そのとき「しおちゃーんっ」と姪が走ってきた。

淡いピンク色のドレスに身を包み、髪をお団子に纏めている。ライスシャワーで投げるはずの米を「はいっ」と渡してくれる。

「おこめあげる。おりょうりにつかうでしょっ。おめでとう、しおちゃん！」

「うふふ、ありがとう。ピンクのドレス、とっても似合ってる」

しゃがみ込んで視線を合わせると、照れたように笑ってくれる。

「えへへ、パパにえらんでもらったの。でねっ、つぎはいつあそびにいける!?」

「そうだなあ、来週の土日なんてどう？」

「やったっ。あのねっ、レアチーズケーキつくりたい！　虹色の！」

「了解。虹色の、層になってるやつね？」

「うん、うんっ」

興奮気味に言った姪は、次に汐の隣の帆高を見上げ「ほーちゃんも」と言った。

「……えっ」

帆高は驚いたように目を丸くする。

汐だって、咄嗟には反応できなかった。

新居に越してから二度ほど遊びにやってきた姪だが、帆高のことはずっと苦手なまだった。名前を呼んだのも、自ら声を掛けたのも、これが初めてだ。

「ああ、一緒に作らせてもらうよ」

ふっと笑い、しゃがみ込んだ帆高の、丸まった背中が微笑ましくて、汐は思う。

もしも将来、子供が生まれたら、こんな背中をいつでも見られるようになるんだろうか。帆高との子供……きっと可愛い。想像すると、その日がただ待ち遠しい。

(そろそろどうかな、って、今夜ほーちゃんに聞いてみようかな)

そこに慌てて義姉が駆けてきた。迷子になるわよ、と姪の手を引く。

「おめでとう、汐さん。あっちで櫂くんたちと待ってるわね」

「はいっ、ありがとうございます！」

「しおちゃーん、あっちで待ってるねーっ」

手を振って家族のもとへ戻っていく姪を見送ると、次に待っていたのは白い官服姿の自衛官たちだった。やはり圧巻だ。ずらりと並び、一斉に敬礼をしてみせる。

「おめでとうございます、浅茅一佐！」

「ざいます！」

「おます！」

「ます！」

途端、列席している一般人が「おお」と声を上げた。

無理もない。官服だけで頼もしく見えるのに、敬礼するとさらに彼らのたくましさが際立つ。

(でも、途中から『ます』しか聞こえなかった気が……)

自衛官は何をするのも早いけれど、挨拶も短縮して早く終わらせるのだろうか。

隣の帆高に視線を向ければ、彼は脚を揃え、彼らに応え敬礼するところだった。

「ありがとう」

帆高の敬礼を目にするのは、初めてだ。

引き締まった表情、美しい姿勢に、感嘆のため息が漏れる。

そして思った。

かつてはこの官服を、国に直結する責任の重さの表れのように感じていた。

けれど今は、まさしく彼らの気概の表れなのだなあ、と思う。なにしろこの姿は彼らが日々、まだ見ぬ脅威に立ち向かうべく自己研鑽に励んでいる証なのだ。高い高い志を持って、絶えず海の外に目を向けて。

お辞儀をしようとして、汐はやめる。

見よう見まねで、敬礼をする。

「ありがとうございますっ」

彼らに守られるに値する、そういう人であれたらいい。

彼らとともに戦うことはできないけれど、せめて彼らへの敬意として。

すると、自衛官たちが揃って敬礼を返してくれる。嬉しくなって、ぱあっと帆高に笑いかける。と、目が合って、帆高は手に持っていた白い手袋を落とした。

それを拾おうとして、腰のサーベルに引っ掛かってよろける姿は、少々コメディじみている。部下たちが笑うに笑えない様子で固まる中、吾郎がやってきて、言った。

「マジで嫁さんの前だとわかりやすいな、おまえ」

わかりやすい、とは何がだろう。

汐が首を傾げると、さらに吾郎は言う。

「帆高がこうなるの、嫁さんに胸キュンしてるからだろ」

「……キュン？」

「そう、キュン」

ポカンとする汐の前で、自衛官たちがざわつく。

「えと……帆高さんが、ですか」

「そう言ってんじゃん。ってこの会話、二回目じゃね？」

「はい。いえ、あの、帆高さん、時々、体のコントロールが利かなくなるときがあるなぁとは思ってたんですけど、疲れているからなんだってずっと思ってて……」

「いや、疲れてるくらいでポンコツになっちゃ、幹部自衛官は務まらねえよ。帆高のコレは間違いなく、嫁さんが可愛くて可愛くて仕方ない証拠だね。鍛えた筋肉まで嫁さんにメロメロで、肉体の統制が取れなくなってんだよ。そうだろ、帆高」

見上げれば、帆高は口もとを押さえてスイッと他所を向いた。

この顔にも見覚えがある。だいたいこういうときは、何秒待ってくれ、と言われるものだが……ひょっとしてそれも、胸キュンが原因だったのだろうか。

（もしかしてほーちゃん、わたしが思うよりわたしのこと、好きだったりする？）

ツン、と肘でつつくと、帆高はますます弱る。

「……そんなに見つめないでくれ。俺だって戸惑ってるんだ。こんな自分、汐に惚れるまで知らなかった」

「ふふ、わたしだけ？」

「そうだよ」

ずっと手の届かない人だった。

足を引っ張りたくなくて、身を引いたときもあった。

けれど結婚してからは、こんな人間らしい一面を知ることがたびたびあって、毎回、嬉しくなる。自分と同じように、弱いところのある人だからこそ、強くあろうとする姿が、ますます誇らしく感じられるのだ。

すると自衛官たちが、目を見合わせた。ここまできたら無礼講と思ったのか、堰を切ったように皆、冷やかしの言葉を口にし始める。

「浅茅一佐、恋する乙女みたいじゃないですかー！」

「奥さんを好き過ぎる浅茅さん、ちょっと可愛いですねぇ」

「おー！　一佐、可愛いーっ」

「――覚えておこう」

帆高が低く言った途端、全員がぴたりと黙ったが。

「おめでとう、帆高くん、汐さん！」

そこに、両家の親戚が入り乱れて米粒を撒き始める。

まさしくシャワーの勢いに、きゃーっと悲鳴を上げてしまう。

意外ねえ、汐ちゃんが自衛官さんと結婚するなんて。帆高くんはやっと結婚か、ご両親もこれで安心だな。口々に何か言っているのが聞こえても、飛び交う米粒の勢いに、会釈するだけで精一杯だ。

「では、誓いの鐘を」

牧師に導かれ、チャペルの向かいにある階段を上れば、小さな金色の鐘が待っている。一本下がった白い紐を握ると、その上から帆高の掌に包まれた。

澄んだ鐘の音は、汽笛のように高らかに鳴り響く。

『おかえり、ただいま』

目覚めたときには、予定時刻を三十分も過ぎていた。

「う、嘘っ」

飛び起きた勢いのまま、汐はキッチンへ走る。

午前八時三十分。やってしまった。大寝坊だ。今日は待ちに待った大事な日なのに。

昨夜までは確かに覚えていたのに、どうしてスヌーズを止めてしまったのだろう。

(十分でできる朝ごはんといえば、のっけトースト!)

パジャマの上からエプロンをし、高速で玉ねぎをみじん切りにする。

それを軽くレンジで加熱、ツナ缶とマヨネーズと混ぜて食パンに乗せたものをトースターに入れたら、てち、てち、と小さな足音が廊下から聞こえてきた。

「まま……おはよぉ」

眠い目を擦り擦りやってきたのは、三歳になる息子の水湊(みなと)だ。

「おはよう、水湊!」

一重ながらぱっちりとした瞳に、凛々しい眉。すっきりした和風の顔立ちは、まさに帆高のミニチュアといった感じで、兎にも角にも愛おしい。

結婚して一年と少し経った頃、授かった待望の第一子だ。

サプライズでエコー写真を手渡したときの、帆高の喜びようと言ったらなかった。

「うふふ、水湊は今日も天使ねっ」

抱き上げてほかほかの頬にキスをすれば、甘い、ミルクのような香りがした。もう赤ちゃんではないのに、不思議だ。

「きょう、ほいくえん……？」

「ううん！　今日はお休み。でも、朝ごはん食べてすぐに出掛けるよ」

「おでかけ？　こうえん？」

「あ、水湊、忘れてるでしょ。昨日、ママとお約束したこと」

そう言った途端、細かった目がぱっと大きく開いた。

「ぱぱのおむかえ！」

「大正解っ」

チン、と見計らったようにトースターが鳴り、思わずふたりで噴き出してしまう。

結婚から五年、帆高は現在、横須賀でイージス護衛艦の艦長をしている。

着任してからというもの訓練、訓練、訓練――帆高はずっと海の上だ。

当然のように留守がちで、逢えるのは一年に数回ばかり。メッセージは以前よりまめに送ってくれるようにはなったが、それでも毎日とはいかない。

こんな状況でもどうにか子育てができているのは、実家の父、母、義母、義父、そして兄と義姉の協力あってこそだ。特に櫂は、結婚当初に言っていた通り、汐が困ったときには「俺も散々世話になったから！」と必ず駆け付けてくれる。

職場復帰し、水湊が保育園へ通い始めたばかりの頃は、半年近く母子で交互に風邪を引いているような状態だったから、本当にありがたかった。

（ほーちゃんが遠方に転勤にならなかったのも、幸運だったんだよね）

お陰で、今のところまだ講師の仕事も続けられている。

だからケータリングサービスを始める、という夢はひとまずまだ夢のまま。

そして今日は、帆高の乗った艦が三か月ぶりに寄港する日。

近くまで息子――水湊とふたり、迎えに行く約束なのだ。

「はい、ツナトースト。しっかり食べてねっ」

「いただきまぁす！」

食パンにはぐはぐとかぶりつく水湊を横目に、汐は着替えを始める。

動きやすいデニム、いや、今日はきちんとしたところで食事をするから、カジュアル過ぎるのはなしだ。クロゼットからジャンパースカートを引っ張り出し、白いカットソーに重ねる。それから急いでメイクをし、リュックに荷物を詰めた。

水湊の服も、とっておきのよそ行きだ。

今日のために準備しておいた、セーラーカラー付きのTシャツに半ズボン。

セーラーと言えば、海士の夏の制服だ。帆高はなんて言うだろう。ワクワクしながら家を出たのは、三十分後のことだった。


都内からのんびり電車を乗り継ぐと、横須賀地方総監部の最寄り駅まで約二時間ほど。帆高は毎回、タクシーを使えばいいと言ってくれるのだけれど、電車での遠出はちょっとした気晴らしになるし、水湊も喜ぶから、ついこちらを選んでしまう。

「まま、ぼく『みかさ』みたい！」

駅を出て、ベビーカーに乗ったところで水湊が言う。

みかさ、というのは戦艦『三笠』のことだ。日本海海戦で活躍した艦で、現在、総監部近くの公園に復元された船体が展示されている。

「三笠公園？　そうだね、確かにここから近いけど……水湊は本当にお船が好きね」

「だって、ぱぱがのってるから」

「ふふ、そうね。じゃあ、パパがいいって言ったら寄ろうか」

帆高の息子らしく、水湊は艦艇や海が大好きだ。

「かっもっめーのすいへいさんっ」

ご機嫌な水湊の歌声を聴きつつ、早足で正門へ向かう。

何度やってきても、空の広さ、高さに驚かされる。オフィス街と違ってビルが乱立していることもなく、ほんのり漂う潮の香りに、みるみる気持ちが高まる。

「あ、ぱぱ！」

水湊の声にハッとして周囲を見回すと、ものものしい造りの門の向こう。

颯爽と、大股で歩いてくる人影を見つける。

白い帽子に、肩章のついた白い制服……帆高だ。同じく白い制服の部下たちに敬礼で見送られ、同じく敬礼を返すさまは、堂々としていて威厳に満ちている。

（わ……）

帆高はここ数年で、さらに素敵になった。

体はますます引き締まり、一切の無駄を感じさせない。そしてもともと持っていた泰然自若とした雰囲気に、年齢的な余裕が加わって、とにかく色っぽいのだ。

見惚れていると、近くまでやってきた帆高がピシリと敬礼をした。

「ご苦労、小さな海士くん」

「ぱぱ！」

腕を伸ばして抱っこをせがむポーズに、帆高は相好を崩す。

そして鞄を地面に置いて、息子の要望に応えた。重くなったなあ、と言いながらも高く抱き上げる姿が、とびきり眩しい。

「セーラー、よく似合ってるな。水湊も将来、艦艇勤務を希望するか？」

「うんっ。きゃーっ、ぱぱの抱っこ、たかーい！」

「もっと高くしてやろう」

きゃあきゃあ声を上げる水湊を、帆高は何度か頭より高く持ち上げて見せる。

「……お帰りなさい、ほーちゃん」

「ああ。ただいま」

愛おしそうに細められた目を、見つめ返しながら泣きそうになる。

不思議だ。結婚前は一年以上逢えなくても平気だったのに、今では三か月が限界になってしまった。逢えない間に溜め込んだものが、溢れそうになる。

（自衛官の妻として、まだまだ修行が足りないや）

その後、近くの喫茶店で軽く食事をとったあと、三笠公園へ向かった。あちこち走り回り、記念艦三笠を見学し終えた頃には、水湊は夢の中だった。

夕方、タクシーでやってきたのは横浜にあるホテルだ。

「起きないね、水湊」

奥の部屋のベッドに水湊を寝かせると、帆高は鞄からスーツを取り出した。

「そうだな。はしゃぎ疲れたんだろう。汐は？　長旅、疲れていないか」

「ううん、全然！　ほーちゃんに逢えて、今、めっちゃくちゃ元気っ」

今日はここで一泊、家族水入らずの時間を過ごす。

艦長に着任してからというもの、帆高はいつもこんなふうで、滅多に、というよりもう何年も自宅には戻っていない。有事の際、いち早く艦に戻るためらしい。

「それにしても、水湊、少し見ないうちにまた大きくなったな」

制服を脱ぎつつ帆高が言ったから、汐はクロゼットからハンガーを出してきた。

「でしょ？　ここ最近、一か月に一センチは伸びてるの」

「それはすごいな。たった三か月で、顔つきまで変わった気がする」

上着をハンガーに掛け、軽くしわを伸ばしてからクロゼットに仕舞う。汐がそうしているうちに、帆高はスーツへと着替えていった。

ブルーのシャツに、胸ポケットからチーフを覗かせたジャケット。官服も素敵だが、スーツはスーツでよく似合う。ベッドに腰掛け、ネクタイを結ぶ様子を眺めていると、帆高が「汐」と言いながら両腕を広げた。

「――おいで」

こんな誘惑には、逆らえない。吸い寄せられるように、その胸に飛び込む。

この場所でだけ、汐はただの汐になれる。

息子のために頑張らなくちゃ、という母親としての意気込みも、彼の留守を守らなくちゃ、という妻としての気合いも、束の間、お休みだ。

「……逢いたかった」

「ああ、俺もだ」

「毎日、毎日、ほーちゃんのこと、想ってたよ」

「俺だって、汐を忘れた日はなかった」

斜め上から覗き込まれると、ちょんと唇が重なった。その温かさも、柔らかさも、しばらくの間、遠いところにあったもの。

夫婦になって何年も経つのに、初めてキスしたみたいにときめく。なかなか逢えないことの利点があるとすれば、いつまでも新鮮な気分でいられること、に違いない。

「好きだよ、汐」

角度を変えて次々と重ねられる唇は、丁寧だが奪うようだ。帆高もまた、汐との再会を心待ちにしていたのだろう。

(この瞬間が、いつまでも続けばいいのに……)

入り込んでくる舌を受け入れ、うっとりと瞼を下ろせば、横抱きにされ、ソファに横たえられた。ほとんど真上に帆高を見上げる格好になって、目を丸くしてしまう。

「あの、この体勢は」

「もっと触れてもいいか」

「え、でも、これから食事だよ？　ほーちゃん、着替えたばかりだし」

「食事を終えるまで待てそうにない」

切なげな目をして言われると、無下にはできなくなってしまう。

「……いつからそんなに、甘え上手になったの？」

汐は両腕を帆高の首に絡ませ、ぐっと自分のほうへ引き寄せた。

待てそうにない、のは、汐だって同じだ。

顎を浮かせて唇を重ねれば、ジャンパースカートの肩をはだけられ、中のカットソーを胸の上まで捲り上げられた。曝け出される白い肌が恥ずかしくて、けれど同時に、ゾクゾクせずにはいられない――期待感で。

しかしやはりソファは狭過ぎて、帆高の大きな体では攻めあぐねる。察してその膝に跨ると、揺さぶられながら何度も「もっと」とねだってしまった。

ホタテのアミューズに豚肉のパテ、根菜のスープに鯛のポワレ――。

提供された料理は盛り付けも華やかかつ、どれも絶品だった。窓辺の席で夜景を眺めつつ、汐は三か月に一度の贅沢な時間をありがたく堪能した。

部屋に戻ると、帆高はテキパキと入浴の準備をする。湯船にお湯を張りつつ、タオルや着替えの用意をし、水湊が服を脱ぐのまで手伝ってしまう。

「はーっ、三か月ぶんの疲れが吹っ飛ぶな」

「ふっとぶ、ふっとぶーっ」

「……ひとりで浸かったほうが、疲れが取れるんじゃないかなぁ」

思わず苦笑してしまったのは、帆高が水湊とふたりで湯船に浸かった姿が、いかにも狭そうだったからだ。ただでさえ体が大きくて、ゆったり脚を伸ばすなんてできそうにないのに、三歳児と一緒ではますます窮屈なはずだ。

以前、聞いた覚えがある。

艦艇内では水が貴重だとか、海水の風呂に入ることもあると。

せっかく真水のお風呂に入れる機会なのに、と汐は申し訳ない気持ちになったが、水湊の頭を泡だらけにして洗う帆高はしかし、嬉しそうににこにこしている。

「水湊の世話をしていると、心から癒される」

「そう?」

「ああ。それに、今夜は汐こそひとりでゆっくり入浴するべきじゃないか。普段は慌ただしくて、入った気がしないだろう?」

「うーん、じゃあ、お言葉に甘えちゃおうかな」

入れ違いでお風呂に入った汐は、久々にのんびりと湯船に浸かった。

アメニティのバスソルトを入れ、髪をトリートメントし、湯上がりにはパックまでして……するとバスルームから出たときには、すでに水湊は就寝していた。

「え、もう寝ちゃったの?　あんなに昼寝したのに」

ベッドですうすう寝息を立てる息子を見下ろし、ポカンとしてしまう。

「ああ。フロントに絵本を持ってきてもらったんだが、最後まで読まないうちに寝落ちした」

「そっか。パパがいるから、安心して寝ちゃったのかもしれないね」

絵本まで読んでもらえたなら、水湊は大満足だろう。

「まだ二十時だ。ふたりでゆっくり、話でもしてから寝ようか」

バスローブ姿の帆高は、続き部屋を示しながら言う。

「ここからは大人の時間だ」

「うん。あ、わたし、お茶でも淹れるね！」

備え付けのポットでお湯を沸かそう。アメニティの中に、ティーパックとインスタントコーヒーもあったはず。

汐はそう思い続き部屋へ小走りで向かったのだが、後からやってきた帆高から「いや、淹れなくていい」と言われる。

「せっかくだからルームサービスでもとらないか。アルコールも何か頼もう」

「いいの？」

「いいに決まってる。汐は何が呑みたい？」

相談してメニューを決めると、帆高が内線でオーダーをしてくれた。サンドイッチや乾き物などのおつまみを何品かと、スパークリングワインをボトルで。

「はい——はい。そうですね、例のものも」

意味深な会話がなされていたことには、気付けなかった。帆高とふたりきりでお酒を呑むなんて久々だ。どきどきしながら待っていると、十分後、ノックの音がした。

「あ、わたし、出るねっ」

急ぎ扉を開けた汐は、廊下を覗き込んだ途端、目を丸くする。

と言うのも、部屋の前に置かれたフードワゴンの上。

ワインクーラーやグラスと並んで、小ぶりの薔薇の花束と小さなプレゼントボックスが置かれていたから。

「……えっ」

しかも花束には、帆高の字で『汐へ』と書かれたカードまで添えられている。

事態が呑み込めないうちに、ワゴンは室内に運び込まれた。にこやかにホテルマンが去れば、帆高は汐に身体の正面を向けて姿勢を正す。そして言った。

「俺が留守の間、家庭を守ってくれてありがとう」

頭まで下げられて、汐は戸惑わざるを得ない。

「ど、どうして、こんな……」

「俺は誕生日も結婚記念日もなかなか一緒に祝ってやれないし、汐ばかり負担が大きくなってしまうこと、本当に申し訳ないと思っている」

「そんなこと！　ほーちゃんは気にしなくていいんだよ。ほーちゃんが留守がちだってことは、承知のうえで結婚したんだし」

「そう言ってくれるだろうとは思っていた。それでも俺は、きちんと感謝を形にして示したかったんだ」

　これも、と帆高が手に取ったのはリボンが掛けられたプレゼントボックスだ。差し出され、恐る恐る両手で受け取る。蓋を開けてみると、中には大ぶりのバロックパールのイヤリングが入っていた。

「可愛い……」

「汐、ネックレスは水湊を抱っこしたときに千切られると言っていただろう？」

　それは以前メッセージで送った、何気ない呟きだった。どんな返信を受け取ったのか、汐のほうは覚えていない。それなのに帆高は、覚えていてくれたのか。

「ありがとう。すっごく嬉しい。でも、いつの間にこんなに用意してくれたの？」

「妻に贈り物をしたいと話したら、部下が協力を申し出てくれたんだ。俺が選んだものを手配して、フロントに届けてくれた。ありがたいことだ」

それは普段、帆高が常に周囲の人たちのために気を配っているから叶えられたことだろう。早速、箱からイヤリングを出して、両耳から下げてみる。

「どうかな」

「よく似合ってる。綺麗だ」

そう言った帆高の右手が、頬に触れる。するりと、肌を撫でられて肩が跳ねる。

夕食前、抱き合ったときの熱が、じわじわと身体の奥から蘇ってくるようだ。

「汐には、感謝してもし切れない。と同時に、俺は汐を心から尊敬している。俺に家庭を持たせてくれた上に、この国をもっと大切に思わせてくれた」

「勿体ないよ、そんなたいそうな評価。わたしはごく当たり前の生活をしてるだけ。それを言ったらほーちゃんこそ、感謝も尊敬もされるべき人だよ。わたしたち家族を、この国ごと守ってくれてるんだもの」

「国を守っているのは、汐だって同じじゃないか」

「どういうこと?」

「幼い子供にとっては、家庭が己の世界そのものだろう。親が与え、守り、安心して羽を伸ばせる居場所が自分の生きる国なんだ」

「国……」

「ああ。だから汐だって、母親として立派に一国を守っている。そして俺は、汐が俺の帰る場所を守ってくれると信じられるから、安心して国の外に目を向けられる」

ありがとう、と帆高が再び言ったとき、汐の頬を幸せな涙が伝い落ちていった。泣くつもりなんてなかったのに、感極まって我慢できなかった。

「……っ、ありがとう。わたし、ほーちゃんと結婚できて良かった」

しゃくり上げてその胸に飛び込めば、長い腕でぎゅっと抱き締められる。その温かさ、たくましさにホッとしてますます泣けてくる。

普段、汐が守っている家庭が、帆高の帰る場所ならば——。

帆高は汐にとって、強固な砦みたいなものだ。何があっても守ってくれる。彼がこの世に存在するなら、この先もずっと幸福に暮らせるという安心感そのもの。

「俺のほうこそ、汐と結婚できてよかった」

小さく乾杯したスパークリングワインは、染みるほど美味しかった。


【了】

あとがき

こんにちは。お久しぶりです。斉河燈です。

今回も最後までお付き合いいただきまして、ありがとうございました。

海上自衛官ヒーローのお話、取り組むことができてとても楽しかったです。

実は自衛官さん、わたしにとっては割と身近な存在だったりします。

近くに陸自基地があり、マンションの上の階の方や向かいのお家の方、友人の旦那さんも何人も陸自の方だったりして、結婚式にも参加させていただいたのです。

結婚式の旦那さんの衣装はやはり、圧巻です。

もうオーラからして違うように見えませんか、あの礼装……！

まず皆さん姿勢が抜群にいいので、タキシードも完璧に着こなされるわけですが。

そんなわけで常日頃、自衛官さんの奥様方から、家族会のことや、訓練のこと、何か月も帰ってこない……というお話を聞くにつけ、自衛官さんだけでなくご家族にも頭が下がる思いでおりました。それでこの度、精神的、肉体的に強靭なだけではない、人間らしさのあるヒーローを書けたらな、と奮闘させていただいた次第です。

しかし、陸自と海自には違いが様々あるんですね。幹部と曹士も、教育課程だけでなく、心構えからして異なるようで、調べれば調べるほど迷宮に入り込んでしまって大変だっ……いえ、とても勉強になりました。

帆高の仕事をもっと深掘りしたい気持ちもありましたが、汐が霞んでしまうので泣く泣く諦めた部分も。というか番外編を書きすぎて、大幅に削りました（泣）

（ちなみに帆高は現実ではあり得ないであろうスピード出世設定になっております）

最後になりましたが、長年面倒を見てくださった編集Kさんに、ここでお礼を申し上げたいと思います。今回でお別れということで、寂しすぎます……。新型コロナに感染したときは、それこそ本当に、本当にご迷惑をお掛けいたしました。

そしてカバーを素敵に飾ってくださった芦原モカ先生、久々のタッグですね。ポーズのリクエストに丁寧に応えてくださって、ありがとうございます！

最後に、ここまで辿り着いてくださった皆さまに、感謝申し上げます。またいつか、お会いできたら嬉しいです。

二〇二四年末　斉河燈　拝

マーマレード文庫

叶わぬはずの恋でしたが、エリート海上自衛官との年の差婚で溺愛が始まりました

2025年2月15日　第1刷発行　定価はカバーに表示してあります

著者　斉河 燈　©TOH SAIKAWA 2025
発行人　鈴木幸辰
発行所　株式会社ハーパーコリンズ・ジャパン
東京都千代田区大手町1-5-1
電話　04-2951-2000（注文）
0570-008091（読者サービス係）
印刷・製本　中央精版印刷株式会社

ISBN-978-4-596-72505-9